Goosebumps™

鸡皮疙瘩

系列丛书

JINZITA ZHOUYU Ⅱ · HAIMIAN GUAIWU

金字塔咒语Ⅱ●海绵怪物

〔美〕R.L.斯坦 著　　马爱农 译

接力出版社
Publishing House

目录

金字塔咒语 II

海绵怪物

"鸡皮疙瘩"预告

欢迎来到"鸡皮疙瘩"俱乐部

致中国读者

中国的读者朋友们，你们好！

听说大家很喜欢我的书，我很开心。

我觉得，要让孩子们认识到他们可以到书里去寻找乐趣，这一点非常重要，并且，我还要让他们接触到惊悚的内容，但同时又有安全感。在这些惊悚的场景里我加入了一些幽默元素，这样小朋友们在开怀大笑的同时又有一点点紧张。

很多小朋友觉得交朋友是件很难的事儿，总是奇怪为什么别的小朋友在这方面好像更加轻松容易。对于腼腆的小朋友们，我的建议就是找到你喜欢做的事儿——不管是写作啦，还是运动啦，或者是玩游戏啦，等等。

做这些事儿，会带来两个益处。首先，你可能会遇到别的和你有同样兴趣的小朋友。其次，如果你真的对什么感兴趣，那么你谈论起来时就会轻松自如。

我从来就没停止过和孩子们的交流，我认为重要的是要让孩子们去寻找自己的方式。我提倡小朋友们多读书，找到自己感兴趣的可以轻松自如地谈论的内容。

我认为家长和老师倾听孩子的声音非常重要。有些孩子愿意和父母交流自己的感受，但有些却不愿意。有的时候他们虽然在说一些看似无关紧要的事情，但对于他们自己来说却很重要。

我希望有机会能来中国，见见大家，参观一下这个充满魅力的国度。我很喜欢龙，我一定会好好构思一个关于龙的精彩故事。

到北京看看是我心驰神往的事情。我住在纽约市的中心，但我可以打赌，北京肯定会让人感觉更大——哪怕是对于像我一样习惯了纽约的人来说也是如此。

智者的心灵历险（序一）

首都师范大学教授　著名儿童文学作家、诗人

国际安徒生奖提名奖获得者　**金　波**

　　人当少年时，智慧大增，却更加渴望心灵历险，愿意体验一下"恐怖"的刺激。那感觉，让我想起坐上"过山车"的游戏，惊险中嗷嗷的呼叫声不绝于耳，既是恐怖的，又是愉悦的。

　　现在提供给广大读者的这套"鸡皮疙瘩系列丛书"，当你阅读的时候，就像搭乘一次心灵历险的"过山车"。

　　少年心理的健康发展，需要一个磨砺过程，生活阅历中的挫折，情感体验中的悲喜，精神世界中的追求，都是人生不可缺少的历程。

　　心理上的"恐怖"也是一种体验，它可以给予我们胆识、睿智、想象力。

　　这套"鸡皮疙瘩系列丛书"，在美国颇受少年儿童的青睐，甚至让那些不爱读书的孩子，也耽读不倦，爱不释

003

手。因此，1999年，这套丛书曾以27种文字版本出版，全球销售两亿多册，作者R.L.斯坦被评为当年最受欢迎的儿童文学作家。

是的，阅读"鸡皮疙瘩系列丛书"，与我们通常阅读小说、童话以及科幻故事相比较，颇有异趣。书中斑驳陆离的情境，浩瀚恣肆的想象，直抉心灵的震颤，蔚成奇观，参配天地。

阅读"鸡皮疙瘩系列丛书"，感受心灵探险，好奇心得到充分的满足，获得充分的自由、畅快。在想象的世界中，可以我行我素，或走马古老荒原，邂逅精灵小怪，或穿越沼泽湿地，目睹青磷鬼火，或瞻谒古宅废园，发现千古幽灵，尽情享受一番超越现实、脱俗出尘的惊险和快乐。

这里有冥茫混沌中创造出的另一个世界，这个世界中所发生的故事，虽属怪诞，甚至可怖，虽是对不真实或不存在的事物纯乎幻想与游戏性的艺术再现，但它又与我们的现实生活息息相通，就如同发生在我们身边的事情，让你相信那诸多的神灵鬼怪，其实都是摄取于现实生活中实有的人物。

阅读这些故事，随着故事的进展，情感也随之波澜起伏，有壮烈的激情，有缠绻的爱意，也有凄美的伤感。总之，阅读的快感，丰沛而多彩。

阅读这样奇异的故事，经过一场心灵的历险和心理上的恐怖体验，同样会对善与恶、美与丑，或彼或此，有所鉴别，这同样有赖读者的灵性与妙悟。

　　这些故事，打破现实与虚幻、时间与空间的界限，富于魔幻和神秘色彩。我们畅游于这个奇幻的世界，感受着与宇宙万物的冲突、和谐，与古今哲思的交流、契合，与人类的心力才智的感悟、沟通。

　　我们可以和魂灵互致绸缪，可以把怪诞嘘之入梦。我们的精神世界丰盛了，视野开阔了，心理也会为之更加强健。

　　要做一个智者、勇者，就要敢于经历心灵的探险。阅读这套"鸡皮疙瘩系列丛书"，虽然会有坐"过山车"的惊恐，但终将"安全着陆"。那时候，你会津津乐道，回味无穷。

斯坦大叔，请摘下你脸上那副吓人的面具（序二）

著名儿童文学理论家、作家　彭　懿

——等了这么久，R.L.斯坦终于来敲门了。

隔着门缝，我窥见月光下是一个青面獠牙的怪物，是他，戴着面具，他来了，我发现我起了一身的鸡皮疙瘩，体温降到了零度。

这个男人就站在门外。

我战栗起来，我不知道是不是应该开门让这个寒气逼人的男人进来。其实，斯坦不过是一位给孩子们写惊险小说的作家，1943年出生于美国的俄亥俄州，比被誉为"当代惊险小说之王"的斯蒂芬·金还要大上四岁。不到十年的时间，他的"鸡皮疙瘩系列丛书"（Goosebumps）就卖出了一个足以让我们的畅销书作家汗颜的天文数字——2.2亿册！

我战栗什么呢？

我战栗，是因为惊险小说在我们这里还是一大禁忌。不单是我，许多甚至连惊险小说是一个什么概念都搞不清楚的人，只要一听到"恐怖"两个字，就脸色惨白了。我们是怕吓坏了我们的孩子。但我们忘了，几十年前，在一根将熄未熄的蜡烛后面睁大了一双双惊恐的眼睛听鬼故事的，恰恰正是我们自己。

事实上，我们许多人对惊险小说都有一种饥饿感，就连斯蒂芬·金自己都沾沾自喜地说了，不论是谁，拿起一本惊险小说就回归到了孩子。恐怖，原本是人类自诞生以来最原始的一种感情，但到了小说里面，它已经变味了，衍生出了一种娱乐的功能。

我们为何会如饥似渴地去追求这种惊险呢？

恐怕是因为惊险小说或多或少地表达了现代人在潜意识中的某种对日常生活崩溃的不安，而作为它的核心，潜藏在恐怖的背景之下的"神秘"与"未知"，更是满足了人们的好奇心。还有一个重要的理由，就是有光必有影，有了恶，才看得出善。从本质上来说，人是渴望"善"与"光明"的，通常被我们忽略或是遗忘了的这种倾向，在惊险小说的阅读中都被如数找了回来。不是吗，我们不正是在惊险小说里认识到了潜伏在恐怖背后的"恶"与"黑暗"的吗？面对恐怖，我们才重新发现了被深深地尘封在心底的"正义"、"善"和"光明"。

——门外的斯坦等不及了，开始砸门了，他号叫着破门而入。

斯坦的"鸡皮疙瘩系列丛书"可是够吓人的，看看他都给孩子们讲述了一个个什么故事吧——埃文和新结识的女孩艾蒂从一个古怪的商店买回了一罐尘封的魔血。他的爱犬不小心吃了一口，于是它开始变化，那罐魔血也开始膨胀吃人……

斯坦绝对是一个来自魔界的怪物。

作为一个同行，我无法不对斯坦顶礼膜拜，每个月出书两本的斯坦怎么会有那么多诡异的灵感？他在接受《亚特兰大日报》的采访时曾说过一句话："我整天文思泉涌，写得非常顺手……"斯坦从不吝啬自己的灵感，甚至已经到了铺张奢华的地步，这就不能不让我起疑心了，据说他房间里有一副土著人的面具，我怀疑斯坦一定是戴着这副被下了毒咒的面具不知疲倦地写作的。

除了灵感，他的想象力也是无与伦比的。

当然了，还有故事。和斯蒂芬·金一样，斯坦也是一个讲故事的高手，唯一不同的是，斯蒂芬·金是在给大人讲故事，而斯坦是在给孩子讲故事。在我们愈来愈不会讲故事、一连串的短篇就能串起一部十几万字的长篇的今天，斯坦显得实在是太会讲故事了。他从不拖泥带水，一个悬念接着一个悬念，永远出乎你的意料之外。

记忆里，我似乎没有看到过比它们更好看的故事。

——我逃进了过道，斯坦狞笑着在后面紧追不舍。我透不过气来了，我打开一扇壁橱的门钻了进去，我在暗处打量起这个男人来。

像《魔戒》的作者托尔金提出了一个"第二世界"的理论一样，斯坦也为自己量身定做了一个理论：安全惊险。所谓的"安全惊险"，又称之为"过山车理论"，说白了，意思就是你们读我的惊险小说，就像坐过山车一样，虽然坐在上面会发出一阵阵惊叫，但到头来总会安全着陆。斯坦这人也是够世故的了，明眼人一看就知道这套所谓的理论不过是说给那些拒绝让孩子看惊险小说的大人听的，是一块挡箭牌。

尽管斯坦的"过山车理论"多少带了点贼喊捉贼式的心虚，我们还能指责他一两句，但他在惊险小说上的造诣，我们就只有仰视的份儿了。可以这么说，斯坦已经把惊险小说——至少是给孩子看的这一块——发挥到了极致。

第一，斯坦把惊险推向了我们的日常。你去看他的故事好了，它们几乎都发生在一个与你咫尺之遥的地方，就在你身边，主人公与你一样地说"酷"，与你穿一样的耐克鞋，与你拥有一样的偶像、一样的苦恼……这正是现代惊险小说的一大特征。它缩短了与读者之间的距离，使读者与书中那些与自己相似的人物重叠到了一起。只有这样，读者才会不知不觉地对那些来自魔界或另外一个世界的怪物们信以为真，才会共同体验或者说是共同经历一场可怕的恐怖。

故事发生在我们的日常，并不是说现实世界与幻想世界的界限就在斯坦的作品里消失了。实际上，这不过是幻想小说里一种常见的模式而已，即"日常魔法"（Everyday Magic），它是《五个孩子和一个怪物》的作者E.内斯比特的首创，它不像"哈利·波特"那样从现实世界进入一个幻想世界，而是颠倒了过来，即幻想世界的人物侵入到了现实世界。斯坦非常的聪明，这种"日常魔法"的写法，不需要去设置什么像九又四分之三车站一样的通道，轻而易举地就能俘获读者的"相信"。

第二，斯坦把快乐注入了惊险。写过《挪威的森林》的村上春树曾说过一句话：好的惊险小说，既能让读者感到不安（uneasy），又不能让读者感到不快（uncomfortable）。斯坦就做到了这一点，岂止是没有不快，而是太快乐了。从斯坦的简历中我发现，斯坦曾在一家儿童幽默杂志任职长达十年之久，所以他的惊险小说才能那样逗人发噱。

——斯坦发现了我，一把把我从壁橱里面拽了出来，拽到了阳光下面。这时，他把脸上的面具摘了下来，我终于看清了他的一张脸。

斯坦戴着一副眼镜，不过，他镜片后面的那双眼睛很亮、很单纯，无邪得就像是一个孩子。这与斯蒂芬·金就大不一样了，斯蒂芬·金的那双眼睛混浊得让你不寒而栗。这也就是为什么上帝要选择斯坦来为孩子们写惊险小说的缘故吧！

真的，你读斯坦的书，就像是被一个戴着怪物面具的大叔在后面手舞足蹈地追着，他嘴里发出的尖叫声比你还恐怖，还不时地搔上你几下，你会哇哇尖叫，会逃得透不过气来，但你不会死，你知道这不过是一场游戏。

金字塔咒语 Ⅱ

1 飞往埃及

"加比，我们很快就要降落了，"空中小姐探身告诉我说，"有人来机场接你吗？"

"有的，大概是个古埃及法老，"我对她说，"或者是个令人恶心的、腐烂的木乃伊。"

她眯起眼睛看着我。"别闹了，"她追问道，"到底谁会在开罗接你呢？"

"我的舅舅本，"我回答道，"但是他喜欢搞恶作剧。有时候他会穿一身奇装异服来吓唬我。"

"你跟我说过，你舅舅是一位很有名的科学家。"空中小姐说。

"没错，"我回答，"但他同时也喜欢搞怪。"

她笑了起来。我很喜欢她。她有着漂亮的金黄色头发，我还喜欢她说话时把头微微偏向一边的样子。

她叫南希，在飞往埃及的长途旅行中，她一直对我很好。她知道这是我第一次独自乘飞机。

她不停地过来看我，问我感觉怎么样。但她把我当成一个成年人看待。她没有给我拿那种傻乎乎的"连连看"小人书，或在飞机上总是给小孩子的那种塑料小徽章。她经常偷偷地多塞给我几包花生，其实她不应该这么做的。

"你为什么要来看你舅舅？"南希问，"就为了好玩吗？"

我点点头。"我去年夏天也来了，"我对她说，"真是太棒了！今年，本舅舅在挖一座没有人探险过的金字塔。他发现了一个神圣的古墓。他邀请我过来，跟他一起打开坟墓。"

南希笑了，把脑袋偏得更厉害。"你的想象力可真丰富，加比。"她说。然后她转身去回答一个男人的问题。

我的想象力确实很丰富，但这些并不是我凭空编造出来的。

我的舅舅本·哈萨德是一位著名的考古学家。许多年来，他一直在金字塔周围挖掘。我在报纸上看到过关于他的报道。有一次他还上了《国家地理》杂志。

去年夏天，我们全家都来开罗玩。我和我表妹莎莉——她是本舅舅的女儿——在大金字塔的密室里有过一些奇异的冒险经历。

莎莉今年夏天也要去的，我透过飞机的舷窗望着外面蔚蓝色的天空想，不知道她这次会不会放我一马。

我喜欢莎莉，但她太争强好胜了！她总是想做第一，想成为最厉害、最聪明、最优秀的。在我认识的十三岁女孩当中，只有她会把吃早饭也变成一场激烈的比赛！

"机组人员请注意，准备降落。"飞行员通过扩音器宣布。

我坐直身子，想好好看一看窗外的景色。飞机降落时，我看见了下面的开罗城。一条细细的蓝色丝带在城边环绕。我知道，那就是尼罗河。

开罗城从河边伸展开去。我朝下面望去，看见高大的玻璃建成的摩天大楼，还有低矮的圆顶庙宇。在城市的尽头沙漠出现了。黄色的沙漠一直延伸到地平线那里。

我心里激动得发颤。金字塔就在沙漠里的某个地方。再过一两天，我就会钻进其中一个金字塔，跟着舅舅进入一座几千年来还没有打开过的坟墓。

我们会发现什么呢？

我从衬衫口袋里掏出那个小小的木乃伊手，低头凝望着。它真小啊，跟一个小孩的手差不多大。我是在一次车库拍卖会上花两块钱从一个小孩那里买来的。他说这玩意儿叫"召唤师"，能把古代邪恶的幽灵给召唤出来。

它看上去像一只木乃伊的手。手指上缠着污迹斑斑的纱布绷带，一小块乌黑的焦油从里面渗出来。

我认为这是假的，是用橡胶或塑料做的。我的意思是，我从没有把它当成真的木乃伊手。

可是，去年夏天，这只手救了我们大家的命。把它卖给我的那个男孩说得对，它确实把一大群木乃伊都变活了！真是太令人吃惊了！

当然啦，回到家里，爸爸妈妈和我的朋友们都不相信我的奇特故事。他们不相信"召唤师"真的管用。他们说这只是某个纪念品工厂生产的玩具木乃伊手。

但是我不管走到哪儿都带着它。它是我的"幸运符"。其实我并不是特别迷信。我的意思是，我总是在梯子下面走，而且我的幸运数字是十三。

然而我确实相信，这只小小的木乃伊手会保护我。

这只木乃伊手有一点儿很奇怪，它总是热乎乎的。它摸上去不像塑料，而是像真人的手一样，热乎乎的。

在密歇根州的家里，爸爸妈妈给我收拾行李准备上飞机时，有一阵我心里恐慌得不行。我找不到木乃伊手了。没有木乃伊手，我当然是绝对不可能去埃及的！

后来我终于找到了它，才松了口气。它被塞在一条皱巴巴的牛仔裤的后口袋里了。

　　此刻，飞机缓缓降落时，我把手伸进T恤衫的口袋，把它掏了出来——猛地倒吸了一口冷气。

　　手是冷的。冷得像冰一样!

2 伪装

为什么木乃伊手突然变冷了呢？

难道这是一种信息？一种警告？

难道我前面有危险？

我没有时间多想。飞机渐渐停稳，乘客们手忙脚乱地取下他们随身携带的行李，推推搡搡地下飞机。

我把木乃伊手塞回牛仔裤的口袋里，背起我的背包，朝门口走去。我对南希说了再见，感谢她给了我那么多包花生。然后我跟着其他人穿过长长的封闭式舷梯，走进机场。

人可真多啊！

他们看上去都着急得要命，简直是踩着别人的脚走路。男人穿着深色西服，女人穿着宽松飘逸的长袍，脸上蒙着面纱。十几岁的少女穿着牛仔裤和T恤衫。一群皮肤黧黑、神情严肃的男人穿着白色的丝绸套装，看上去像睡衣一样。有一家人带着三个小孩子，孩子们正在哇哇大哭。

我的心陡地往下一沉。在这样一个拥挤嘈杂的地方，我怎么可能找到本舅舅呢?

我开始感到我的背包重得要命。我的眼睛焦急地在人群中到处搜索。周围都是陌生人的声音，都在哇啦哇啦地大声说话。没有一个人说的是英语。

"哎哟!"我感到身上一阵剧痛，大声喊道。

我转过身，发现一个女人用她的行李车撞了我一下。

镇静，加比，我告诉自己，一定要保持镇静。

本舅舅肯定在这里，正在找你。他会找到你的。你只需要保持镇静。

可是，如果舅舅忘记了呢? 我问自己。如果他把我到达的日期搞错了呢? 或者，如果他忙着在金字塔里工作，忘记了时间呢?

我要是真的操起心来，心思重得要命。

此刻，我的担心足够三个人承受的!

如果本舅舅不在这儿，我就想办法给他打电话，我想。

那还用说?

我几乎可以听见自己在说:"接线员，劳驾，我可以

跟我在金字塔里的舅舅说话吗?"

这招恐怕不会管用吧。

我没有本舅舅的电话号码,我甚至不能肯定他现在待的地方有没有电话。我只知道他住在他挖掘的那座金字塔附近的一顶帐篷里。

我焦急地盯着拥挤的机场下客区,心里开始感到极度的恐慌——就在这时,一个大块头的男人向我走来。

我看不见他的脸。他穿着一件长长的、带兜帽的白袍子。这种衣服叫"白努斯"。他的脸埋在兜帽里。

"出租车?"他用尖厉、高亢的声音问道,"出租车?美国出租车?"

我扑哧一声笑了起来。"本舅舅!"我高兴地嚷道。

"出租车?美国出租车?乘出租车吗?"他追问道。

"本舅舅!见到你我太高兴了!"我大声说。我用手搂住他的腰,使劲抱了他一下。然后,我大声嘲笑他笨拙的伪装,一边伸手把他的阿拉伯"白努斯"式包头摘了下来。

包头下的男人脑袋光秃秃的,留着一蓬黑糊糊的大胡子。他气呼呼地瞪着我。

我从来没见过这个人!

3 又见金字塔

"加比！加比！快过来！"

我听见有个声音在叫我的名字。我越过那个气势汹汹的男人，看见了本舅舅和莎莉。他们正站在订票柜台前朝我招手呢。

男人的脸涨得通红，用阿拉伯语朝我嚷嚷了几句什么。幸亏我听不懂。他一边把"白努斯"的包头拉起来，一边还在气呼呼地嘟囔着。

"真是对不起！"我大声说。然后从他身边挤过去，匆匆跑向来接我的本舅舅和我表妹。

本舅舅跟我握了握手，说："欢迎你到开罗来，加比。"他穿着一件宽松的白色短袖运动衫和一条松松垮垮的丝光黄斜纹裤。

莎莉穿着退色的劳动布毛边短裤和一件鲜绿色的紧身

背心。她已经在嘲笑我了。"那是你的一个朋友吗?"她取笑道。

"我……我弄错了。"我承认道。我看了一眼后面,那男人仍然恶狠狠地瞪着我。

"你真的以为那是爸爸吗?"莎莉问道。

我嘟囔地回答了一句。莎莉和我一样大,但是我看到她仍然比我高出一英寸。她把黑头发留长了,编成一根辫子,垂在背上。

她大大的黑眼睛里闪着兴奋的光芒。她最喜欢捉弄我了。

我们走到行李区去取我的箱子,我跟他们说了在飞机上的情况。我告诉他们,空中小姐南希不停地塞给我一包包花生。

"我是上个星期飞来的,"莎莉告诉我,"空中小姐让我坐在头等舱。你知道吗?在头等舱还能吃到圣代冰激凌呢!"

不,我不知道。看得出来,莎莉一点儿也没有变。

本舅舅一直待在埃及,所以莎莉上了芝加哥的一所寄宿学校。当然啦,她每门功课都是优,还是滑雪冠军和网球高手。

有时候我挺同情莎莉的。她五岁的时候妈妈就死了,而且只有在过节和放暑假的时候才能看到爸爸。

可是，当我们等待我的箱子在传送带上出现时，我却一点儿也不同情她了。她喋喋不休地吹嘘这座金字塔是我去年暑假去的那座的两倍，而她已经下去过好几次了，她准备带我去逛逛——如果我不是特别害怕的话。

最后，我那只鼓鼓囊囊的蓝色箱子终于出现了。我把它从传送带上拽下来，重重地扔在脚边。它简直有一吨重呢！

我想把箱子拎起来，可是根本拎不动。

莎莉把我推到一边。"瞧我的吧。"她不由分说，抓住箱子把手，一下子就把箱子拎了起来，向前走去。

"喂！"我冲着她的背影嚷道。真是个爱显摆的人！

本舅舅笑眯眯地看着我。"我想莎莉一直在锻炼。"他说，他把一只手搭在我的肩膀上，领着我朝玻璃门走去，"我们的吉普车在那边。"

我们把箱子放在吉普车的后备厢里，然后开车朝城里驶去。"这里白天热得让人头晕眼花，"本舅舅用一块手帕擦着宽阔的脑门儿，对我说道，"夜里倒是很凉快。"

狭窄的街道上，车辆缓慢地行驶。车喇叭声不绝于耳。不管车开得动还是开不动，司机都拼命地按喇叭。那声音简直震耳欲聋。

"我们不在开罗停留，"本舅舅解释说，"直接去阿吉

扎金字塔。我们都住在金字塔外面的帐篷里，这样可以离工作的地方近一些。"

"我希望你带了喷雾杀虫剂，"莎莉抱怨道，"这儿的蚊子简直有青蛙那么大呢！"

"不要夸张，"本舅舅批评道，"加比才不会被一两只蚊子吓倒呢——是不是？"

"才不会呢。"我轻声回答。

"那么蝎子呢？"莎莉问道。

"……"我们离开城市，朝沙漠驶去时，交通不那么拥挤了。在下午炎热的阳光下，金色的沙漠闪闪发光。吉普车颠簸行驶在狭窄的双车道马路上，我们的面前腾起一股股的热浪。

不久，金字塔就在我们的视线中出现了。在沙漠里腾起的一股股热浪后面，金字塔看上去就像虚幻缥缈的海市蜃楼，不是真的。

我紧紧盯着车窗外，激动得喉咙发紧。我去年暑假看见过金字塔，但这里的景象仍然让我热血沸腾。

"我真不敢相信金字塔竟然有四千多年历史了！"我大声说道。

"是啊，竟然比我还老！"本舅舅开玩笑说，接着他的表情变得严肃了，"加比，每次我看见它们，内心都感到非常自豪，"他坦白地说，"想到我们的祖先竟然有这样的智慧和技艺，建造了这些人间奇迹。"

本舅舅说得对。我认为金字塔对我有着特殊的意义，因为我们家就是埃及人。我的爷爷奶奶、外公外婆都来自埃及。他们是一九三〇年左右迁到美国的。我爸爸妈妈生于芝加哥。

我把自己看成一个典型的美国孩子，但是，拜访祖先生活的国家，仍然令人兴奋不已。

吉普车越驶越近，那座金字塔看上去在我们面前拔地而起。它的影子在黄色沙漠上形成一个长长的蓝色三角。

小小的停车场上，挤满了小汽车和旅游巴士。我看见一小队装着鞍具的骆驼拴在停车场的一边。一群游客松松散散地站在沙漠里，抬头仰望金字塔，咔嚓咔嚓地照相，用手指指点点，唧唧喳喳地大声说话。

本舅舅把吉普车拐进一条狭窄的小路，我们离开人群，朝金字塔的后面驶去。吉普车驶进阴影里，我们顿时感觉凉爽多了。

"能吃到一个冰激凌蛋筒该有多好啊！"莎莉唉声叹气地说，"我一辈子都没感觉这么热。"

"我们别谈热不热的事了，"本舅舅回答道，大滴的汗珠顺着他的额头流进浓密的眉毛里，"让我们谈谈分别了好几个月，你再见到爸爸有多么高兴吧。"

莎莉呻吟着说："如果你带着一个冰激凌蛋筒，那么

我见到你会更高兴的。"

本舅舅哈哈大笑。

一个穿着咔叽布制服的警卫走到吉普车前面，本舅舅举起一张蓝色的身份卡，警卫挥挥手让我们过去了。

我们顺着小路来到金字塔后面，看见了一排低矮的白色帆布帐篷。"欢迎来到希尔顿金字塔饭店！"本舅舅开玩笑说，"这儿就是我们的豪华套间。"他指着最近的一顶帐篷说。

"挺舒服的，"本舅舅把吉普车停在帐篷旁边，说道，"但是服务很糟糕。"

"而且你还需要提防蝎子。"莎莉警告我说。

她总是千方百计地说些话来吓唬我。

我们把我的箱子搬了下来。本舅舅领头朝金字塔底部走去。

一个摄制组正在收拾器材。一个满身尘土的年轻人从石灰岩方砖上凿出的低矮入口处爬出来。他朝我舅舅挥了挥手，然后匆匆朝帐篷走去。

"是我的一位工作人员。"本舅舅低声说，他指着金字塔，"好了，你到了，加比。离芝加哥可不近呢，是不是？"

我点点头。"真是太神奇了。"我对他说，一边用手挡在眼睛上，仰头望着金字塔的顶部，"我忘记了，亲眼看到金字塔时，感觉它们更加大得惊人。"

"明天我带你们俩到下面的墓穴去，"本舅舅说，"你们来得正是时候。我们挖掘了好几个月，终于，马上就要掘开封口，进入墓穴了。"

"哇!"我喊了起来。我很想在莎莉面前扮酷，但我实在按捺不住，我心里太激动了。

"爸爸，你打开墓穴之后肯定会变得很有名，是吗?"莎莉问，她啪的一下拍死了胳膊上的一只飞虫，"哎哟!"

"我会变得大名鼎鼎，连虫子都不敢来咬你。"本舅舅回答，"对了，你知道古埃及人管虫子叫什么吗?"

我和莎莉都摇了摇头。

"我也不知道!"本舅舅笑嘻嘻地说，这又是他的一个拙劣的玩笑，他肚子里有一大堆这样的玩笑，突然，他的表情变了，"噢，这倒提醒了我。加比，我有一件礼物要送给你。"

"礼物?"

"咦，我把它放在哪儿了呢?"他把两只手伸进松松垮垮的斜纹裤的口袋里摸索着。

就在他寻找的时候，我看到他身后有个什么东西在动。在我舅舅的肩膀后面有个黑影，就在金字塔低矮的入口处。

我眯起眼睛细看。

黑影在动。一个人影慢慢走了出来。

起先，我以为是太阳使我的眼睛产生了错觉。

我更加使劲地眯眼细看，发觉自己并没有看错。

那个人影从金字塔里走了出来——脸上缠着破旧发黄的纱布，胳膊和腿上也缠着纱布。

我张嘴想喊——可是声音卡在了喉咙里。

就在我挣扎着想把这事告诉舅舅时，那具木乃伊僵直地伸出双臂，跟跟跄跄地走到他的背后。

4 圣甲虫

我看见莎莉的眼睛惊恐地睁得老大，嘴里发出一声低沉的惊叫。

"本舅舅！"我终于喊出声来了，"快转身！他……他……"

舅舅眯起眼睛看着我，一脸迷惑。

木乃伊跌跌撞撞地越走越近，气势汹汹地伸出两只手，眼看就要抓住本舅舅的脖子了。

"一具木乃伊！"我尖叫道。

本舅舅猛一转身。他惊愕地大喊一声。"他会走路！"他用颤抖的手指着木乃伊，连连后退，"他会走路！"

"哦！"莎莉的嘴唇间发出一声奇怪的呻吟。

我一转身，拔腿就跑。

可是木乃伊突然哈哈大笑。

　　他放下发黄的手臂。"嘘!"他大声说,接着又是哈哈大笑。

　　我转过身,看到本舅舅也在放声大笑。他的黑眼睛里闪着愉快的光芒。"他会走路!他会走路!"他摇着头,一遍遍地说道。他用胳膊搂住了木乃伊的肩膀。

　　我瞪大眼睛看着他们俩,心仍然怦怦跳个不停。

　　"这是约翰,"本舅舅说,他为自己搞的这个恶作剧而沾沾自喜,"他在这里拍一个电视广告,宣传一种新式的、黏性更好的绷带。"

　　"粘粘鸟绷带,"约翰告诉我们,"就是你们的木乃伊专门订购的!"

　　他和本舅舅又是一阵放声大笑。然后舅舅指着那个摄制组,他们正在把器材搬上一辆小货车。"他们今天的工作完成了,但是约翰答应留下来帮我吓唬你们。"

　　莎莉翻了翻眼珠。"主意不错。"她干巴巴地说,"老爸,要想把我吓住,你还差点意思。"然后她又说道,"可怜的加比,你看见他刚才的表情了吗?他简直吓得魂飞魄散!他还以为他马上就要自燃了什么的。"

　　本舅舅和约翰都笑了起来。

　　"嘿——才不是呢!"我一口否认,感到自己的脸红了。

　　莎莉怎么能这么说呢?当木乃伊跌跌撞撞地走出来

时，我明明看见她倒抽一口冷气，连连后退。她像我一样吓得不轻！

"我听见你也尖叫了！"我对她说。我其实并不想用这种抱怨的语气说话。

"我那么做只是为了帮助他们吓唬你。"莎莉说。她把长辫子甩到肩膀后面。

"我得走了，"约翰看了一眼手表，说道，"我们一回到旅馆，我就要扎进游泳池里。我简直可以在水下待一个星期！"他朝我们挥了挥缠着绷带的手，拔腿朝小货车跑去。

我刚才怎么没注意到他戴了一块手表呢？

我觉得自己像个十足的傻瓜。"够了！"我气呼呼地大声对舅舅说，"我再也不会被你这些愚蠢的恶作剧糊弄住了！再也不会！"

他笑嘻嘻地看着我，眨了眨眼睛。"想打赌吗？"

"加比的礼物是怎么回事？"莎莉问，"是什么呀？"

本舅舅从口袋里掏出一个什么东西，高高举起。一个带链子的挂件。是用透明的橘黄色玻璃做的，在耀眼的阳光下闪闪发亮。

舅舅把它递给我。我把它放在手里端详、抚摸，感觉到它的光滑。"这是什么？"我问舅舅，"是什么玻璃做的？"

"不是玻璃，"舅舅回答，"是一种叫琥珀的透明石头。"他凑近一步，和我一起端详着它，"把挂件举起来，仔细看看它的里面。"

我遵照他的吩咐，看到挂件里面有一只褐色的大虫子。"看上去像一种甲壳虫。"我说。

"就是一只甲壳虫，"本舅舅说，为了看得更仔细些，他眯起了一只眼睛，"是一种古代的甲壳虫，被称做'圣甲虫'。它在四千年前被囚禁在这块琥珀里。你看见了，它保存得非常完好。"

"真令人恶心。"莎莉做了个鬼脸，评论道，她拍了一下本舅舅的后背，"这礼物真棒，老爸。一只死虫子。提醒我圣诞节的时候别让你去购物！"

本舅舅哈哈大笑。然后他又转向我。"在古埃及人的心目中，圣甲虫是非常重要的。"他说，一边用手指转动着琥珀挂件，然后又让它落进我的手心里，"他们相信圣甲虫是一种永恒的象征。"

我盯着圣甲虫黑糊糊的壳，还有它那六条保存完好的、长着毛刺的腿。

"拥有一只圣甲虫意味着永恒，"舅舅继续说，"但是，如果被圣甲虫咬了一口，就意味着立刻丧命。"

"真够怪的。"莎莉嘟囔道。

"看上去真漂亮，"我对舅舅说，"真的有四千年的历史？"

他点点头。"戴在你的脖子上吧，加比。说不定它上面还留着一些古代的魔力呢。"

我把挂件从脑袋上套下去，让它垂在我的T恤衫里面。琥珀贴着我的皮肤冷冰冰的。"谢谢你，本舅舅。"我说，"这个礼物太棒了。"

他用湿漉漉的手帕擦了擦汗津津的额头。"我们赶紧回到帐篷里，喝点儿凉爽的东西吧。"他说。

我们走了几步——突然看到莎莉脸上的神情，又停下了脚步。

她的整个身体都在颤抖，嘴巴张得大大的，用手指着我的胸口。

"莎莉——怎么啦？"本舅舅大声问道。

"圣，圣甲虫……"她结结巴巴地说，"它……它逃跑了！我看见的！"她指着地上，"它在那儿！"

"什么？"我猛地转过身，弯腰寻找圣甲虫。

"哎哟！"我感到大腿后面一阵尖锐的剧痛，失声喊道。

我意识到自己被圣甲虫咬了。

5 沙漠里的夜晚

我惊慌失措地喘着粗气，本舅舅说的关于圣甲虫的话在我脑海里闪过。

"拥有一只圣甲虫意味着永恒。但是，如果被圣甲虫咬了一口，就意味着立刻丧命。"

立刻丧命？

"不!"我吼了一声，转过身来。

我看见莎莉跪在地上，脸上笑嘻嘻的，一只手伸在前面。

我这才意识到，她刚才掐了我的腿。

我的心仍然怦怦狂跳。我一把抓住挂件，盯着那玻璃般的橘黄色石头。圣甲虫依然待在里面一动不动，就像四千年前一样。

"啊呀!"我恼羞成怒地大吼一声。我真是很生自己的气。

难道这一路上，本舅舅和莎莉每次搞恶作剧，我都要上他们的当吗？如果是这样的话，这个暑假可真够漫长的。

我一向很喜欢我的表妹。但她有时太争强好胜，显示自己比别人高明，除此之外，我们相处得还是挺不错的。

但是此刻我真想狠狠揍她一顿，真想对她说一些特别难听的话。

而我能够想出来的话都不够难听。

"这真是够缺德的，莎莉。"我闷闷不乐地说，把挂件塞到了T恤衫里面。

"是啊，一点儿不错——难道不是吗？"她回答道，一副沾沾自喜的样子。

那天夜里，我仰面躺在狭窄的行军床上，望着低矮的帐篷顶，侧耳倾听。一阵阵风吹打着帐篷的门，帆布啪啪地拍打着，帐篷的柱子发出吱吱嘎嘎的呻吟。

我好像从来没有这么警觉过。

我转过头，看见淡淡的月光透过帐篷门上的一道细缝照了进来。我还看见外面沙漠上一簇簇干枯的沙地草，看见床上方的帐篷壁上的一片片水渍。

我再也睡不着了，我难过地想。

我第二十次把平平的枕头推了推，又拍了拍，想把它弄得鼓一些。粗糙的羊毛毯子贴着我的皮肤，感觉很扎人。

我以前也在外面睡过觉，但总是睡在一间屋子里。从来没有睡在广阔无垠的沙漠中，睡在一个在风中啪啪作响、吱吱呻吟的小小帆布帐篷里。

我并没有害怕。舅舅就在帐篷里，躺在他的行军床上打呼噜，跟我只隔着几英尺。

我非常警觉，甚至能听见外面棕榈树的沙沙声。我还隐约听见远处汽车轮胎轧过路面的声音。

突然，有什么东西在我胸口上蠕动，我的心立刻狂跳起来。

我太警觉了，立刻就感觉到了。

痒酥酥的。动作很快、很轻。

只有一种可能，圣甲虫在琥珀挂件里蠕动。

这次不是开玩笑。

不是开玩笑，它真的在动。

我在黑暗中掀开毯子，摸索着挂件。我把挂件举在月光下，看见了里面那只胖乎乎的甲壳虫，黑糊糊的，被囚禁在橘黄色的牢房里。

"你刚才动了吗？"我轻声问它，"你的脚蠕动了吗？"

我突然觉得自己很傻。我怎么会跟一只四千年前的昆虫说话呢？我怎么会想象它是活的呢？

我很生自己的气，就把挂件塞回到睡衣下面。

我并不知道这个挂件很快将会变得对我有多么重要。

我并不知道这个挂件里藏着一个秘密，这秘密将会救我的命或置我于死地。

6 霍鲁王子的陵墓

第二天早晨我醒来时，帐篷里已经很热了。明晃晃的阳光透过敞开的帐篷门照射进来。强光照得我睁不开眼，我揉了揉惺忪的睡眼，伸了个懒腰。本舅舅已经出去了。

我的后背很疼。小小的行军床太硬了！

可是我太兴奋了，根本顾不上背疼的事。今天上午，我就要从一座古墓的入口钻到金字塔里面。

我穿上一件干净的T恤衫和昨天穿的那条牛仔裤。我把挂件在T恤衫里面摆好。然后，我小心翼翼地把那只木乃伊小手放进牛仔裤的后口袋里。

我想，有了挂件和木乃伊小手，我就可以受到很好的保护。这趟冒险不可能发生什么糟糕的事了。

我用一把发刷梳了几下浓密的黑头发，戴上我那顶黑黄相间的密歇根狼獾队的帽子，然后匆匆赶到野餐帐篷去吃早饭。

太阳高悬在远处的棕榈树上方，黄色的沙漠闪烁着耀眼的光芒。我深深呼吸了一口新鲜空气。

呸！附近肯定有几只骆驼，我想。空气并不新鲜。

我看到莎莉和本舅舅坐在野餐帐篷里的长桌子一端，正在吃早饭。本舅舅穿着他那条松松垮垮的斜纹裤和一件短袖的白色运动衫，胸前有斑斑点点的咖啡印。

莎莉把长长的黑发梳在脑后，扎成一根马尾辫。她穿着一件鲜红色的紧身背心，下面是一条白色的网球短裤。

我走进帐篷时，他们跟我打了招呼。我给自己倒了一杯橙汁，因为没有找到糖霜玉米片，就盛了一碗葡萄干麦片。

本舅舅的三位工作人员在桌子那头吃饭。他们兴奋地谈论着他们的工作。"我们今天就能进去了。"我听见其中一个说道。

"要解开古墓门上的机关，恐怕还需要几天时间。"一个年轻女人接着说。

我在莎莉旁边坐下。"把古墓的情况都告诉我吧，"我对本舅舅说，"这是谁的墓？里面有什么？"

他轻声地笑了："让我先说一声'早上好'再开始讲课吧。"

莎莉探身看了看我的粥碗。"嗨，你瞧——"她指指

点点地说，"我盛的葡萄干比你的多多了！"

我早就说过，她能把吃早饭变成一场竞争。

"可是我橙汁里的果粒比你的多。"我回答道。

我只是说句笑话，但她真的看了看她杯子里的橙汁。

本舅舅用一张餐巾纸擦了擦嘴。他喝了一大口浓咖啡。"如果我没有弄错的话，"他说道，"我们在这里发现的这座古墓属于一位王子。实际上，他是图坦卡蒙国王（图坦卡蒙，古埃及第十八王朝国王，1922年英国埃及学家卡特发现其陵墓，发掘时见墓室完好，内有金棺、法老木乃伊和大量珍贵文物——译者注）的表亲。"

"就是图坦王。"莎莉插进来对我说。

"这我知道！"我没好气地回答。

"图坦王的陵墓是一九二二年被发现的，"本舅舅继续说道，"大墓穴里装满了图坦的大部分珍贵宝物。这是本世纪最令人震惊的考古发现。"他脸上掠过一丝笑意，"那是在这之前。"

"你认为你们发现了更令人震惊的东西？"我问。我的麦片粥一口都没碰。我完全被舅舅的话吸引住了。

他耸了耸肩。"加比，在我们打开墓室的门之前，谁也不知道那后面藏着什么，但我祈求能交好运。我相信我们发现的是霍鲁王子的墓室。他是国王的表亲，据说跟国王一样富有。"

"你认为霍鲁王子的王冠、珠宝和财产都跟他埋在一起吗?"莎莉问。

本舅舅喝了最后一口咖啡,把白色的杯子从桌面上推过来。"谁知道呢?"他回答,"那里面可能有令人惊叹的财宝,也可能空空如也,只是一间空的墓室。"

"怎么可能是空的呢?"我问道,"金字塔里怎么会有空的墓室呢?"

"因为盗墓者,"本舅舅皱着眉头回答,"别忘了,霍鲁王子是在公元前二三〇〇年前后埋葬的。多少个世纪以来,盗墓者不断闯进金字塔,盗走了许多墓室里的财宝。"

他站起身,叹了口气。"我们挖掘了这么长时间,到头来可能看到的只是一间空空的墓室。"

"不可能!"我激动地喊了起来,"我们肯定能在里面发现王子的木乃伊,还有价值连城的珠宝!"

本舅舅笑眯眯地看着我。"说得够多了,"他说,"赶快吃完早饭,我们去弄个水落石出吧。"

我和莎莉跟着本舅舅走出帐篷。他朝正搬着挖掘机从物资帐篷里出来的两个年轻人挥了挥手,然后匆匆走过去跟他们说话。

我和莎莉留在后面。莎莉转向我,脸上的表情非常严肃。"喂,加比,"她轻声说,"对不起,我这么让你讨

厌。"

"你？让我讨厌？"我讽刺地反问。

她没有笑。"我有点担心，"她坦白地说，"为爸爸担心。"

我看了一眼本舅舅。他一边说话，一边拍着一个年轻人的后背，跟平常一样乐呵呵的。

"有什么可担心的？"我问莎莉，"你爸爸情绪很好啊。"

"我担心的就是这个，"莎莉小声说，"他这么高兴，这么激动，他真的以为这是一个能让他一举成名的重大发现。"

"那又怎么样？"我问道。

"如果到头来却发现只是一间空墓室呢？"莎莉回答，一双黑黑的眼睛注视着她的父亲，"如果盗墓者早就把那地方洗劫一空了呢？或者，如果那根本就不是王子的陵墓呢？如果爸爸打开墓室的密封层，推门一看——只发现一间爬满了蛇的灰扑扑的空屋子呢？"

她叹了口气。"爸爸肯定会很伤心的，伤心极了。他的期望值太高了，加比。我不知道他能不能承受得住这种失望。"

"你为什么这么悲观呢？"我回答，"万一……"

我看到本舅舅匆匆朝我们走过来，便打住了话头。

"我们到下面的墓室去吧，"本舅舅兴冲冲地说，"工人们认为我们很快就要发现墓室的入口了。"

他用两只胳膊分别搂住我们的肩膀，领着我们朝金字塔走去。

我们刚走进金字塔的阴影中，就觉得凉爽了许多。金字塔底部的后面挖出的那个低矮入口出现在我们眼前。入口很小，一次只能进去一个人。我朝狭窄的洞口望了望，看到里面的隧道很陡。

真希望自己别摔下去，我想，一阵沉甸甸的恐惧把我的心揪成一团。我幻想着自己在深不见底的黑洞里坠落、坠落。

我主要是不想当着莎莉的面摔下去。我知道，如果真发生了这样的事，她一辈子都不会让我忘记的。

本舅舅递给我和莎莉两顶鲜黄色的安全帽。帽子上有灯，就像矿工帽一样。"互相跟紧了，"他吩咐道，"我还记得去年夏天，你们俩自己乱跑，结果给我们惹了很大的麻烦。"

"我，我们不会的。"我结结巴巴地说。我不想让自己的语气里透出紧张，但这是没法办到的事。

我看了一眼莎莉。她正在调整头上的黄色安全帽。她看上去跟平常一样镇定自若，信心十足。

"我在最前面。"本舅舅说着，把安全帽颏带拉到下巴

底下。他转过身，猫腰往洞口里钻去。

突然，身后传来一声尖厉的喊叫，我们全都怔住了，回过身来。

"停！求求你——停！不能进去！"

7 琥珀挂件

沙漠上一个年轻女人正朝我们跑来，一头乌黑的长发在她的脑后飘舞。她手里拎着一只褐色的手提箱。一架照相机挂在她的脖子上，随着她的奔跑在胸前跳动。

她在我们面前停住脚步，笑眯眯地看着本舅舅。"是哈萨德博士吗?"她气喘吁吁地问。

本舅舅点点头。"有事吗?"他等着她把气喘匀。

天哪，她可真漂亮，我想。她那一头长长的黑发柔顺而有光泽，脑门上的刘海剪得齐齐的。刘海下面，是一双我所见过的最最美丽的绿眼睛。

她穿着一身白衣服。白衬衫，白外套，下面是一条白色的宽松长裤。她个子很矮——只比莎莉高出一两英寸。

她肯定是个电影明星什么的，我对自己说。她的样子真是光彩照人！

　　她把手提箱放在沙地上，用手把乌黑的长发捋向脑后。"真对不起，我刚才那样大喊大叫，哈萨德博士，"她对我舅舅说，"我想跟你谈谈。因为我不希望你消失在金字塔里。"

　　本舅舅眯起眼睛看着她，仔细端详着她。"你是怎么通过安全警卫的？"说着，他把安全帽摘了下来。

　　"我给他们看了我的记者证，"她回答道，"我是开罗《太阳报》的记者。我名叫尼拉·拉赫迈德。我希望——"

　　"尼拉？"本舅舅打断了她的话，"多么动听的名字。"

　　她笑了："是的，我母亲是根据生命之河——尼罗河给我起的名字。"

　　"是啊，真是个很美的名字。"本舅舅回答，他的眼睛里光芒闪烁，"可是我还没有打算让记者报道我们在这里的工作呢。"

　　尼拉皱起眉头，咬着下嘴唇。"几天前，我跟菲尔丁博士谈过。"她说。

　　我舅舅惊讶地睁大了眼睛："是吗？"

　　"菲尔丁博士允许我报道你们的发现。"尼拉坚持道，那双绿眼睛紧紧地盯着我舅舅。

　　"唉，我们还什么都没有发现呢！"本舅舅不客气地说，"也许什么也发现不了。"

　　"菲尔丁博士可不是这么跟我说的，"尼拉回答，"他似乎坚信你们会有一个震惊世界的重大发现。"

本舅舅笑了起来。"有时候我的搭档会情绪激动，多嘴多舌。"他对尼拉说。

尼拉用目光恳求着我舅舅。"我可以跟你一起进入金字塔吗？"她看了一眼我和莎莉，"我看到你还带着别的客人。"

"这是我女儿莎莉和我外甥加比。"本舅舅回答。

"那么，我可不可以跟他们一起下去呢？"尼拉请求道，"我保证，没有你的允许，我一个字也不会写的。"

本舅舅若有所思地揉着自己的下巴。他把安全帽重新扣到脑袋上。"也不许拍照。"他嘟囔道。

"这就是说我可以下去了？"尼拉兴奋地问。

本舅舅点点头。"只是作为一个旁观者。"他想表现出粗暴的样子，但是我看得出来，他喜欢尼拉。

尼拉朝他嫣然一笑："谢谢你，哈萨德博士。"

本舅舅伸手到小推车上拿了一顶黄色安全帽，递给了她。"今天不会有什么惊人的发现，"他警告她说，"不过我们很快就会……就会有所发现了。"

尼拉把沉甸甸的安全帽戴在头上，转过身来看着我和莎莉。"你们是第一次进入金字塔吗？"她问。

"才不是呢！我已经下去过三次了。"莎莉吹嘘道，"真是刺激啊！"

"我是昨天刚到的，"我说，"所以这是我第一次进入——"

　　我顿住话头，因为我发现尼拉的表情突然变了。

　　她为什么用那样的眼光盯着我看？

　　我低下头，发现她是盯着那个琥珀挂件。她惊愕地张大了嘴巴。

　　"不！我绝对不能相信！绝对不信！这太奇怪了！"她惊叫道。

8 狭窄的隧道

"怎，怎么啦？"我结结巴巴地说。

"我们是一对！"尼拉大声说。她把手伸到外衣里面，掏出挂在脖子上的一个挂件。

一个琥珀挂件，形状跟我的一模一样。

"多么离奇啊！"本舅舅喊道。

尼拉用手指抓住我的挂件，低下头来仔细端详。"你的挂件里有一只圣甲虫。"她把挂件拿在手里转来转去，对我说道。

她放开我的挂件，举起她的挂件让我看："看，加比，我的是空的。"

我盯着她的挂件细看。它看上去像一块透明的橘黄色玻璃，里面什么也没有。

"我认为你的更漂亮，"莎莉对尼拉说，"我可不愿意

把一只死虫子挂在脖子上。"

"可是据说它能带来好运什么的。"尼拉回答,她把挂件塞回到白色外套里面,"我希望戴着空琥珀不会给我带来厄运!"

"我也希望。"本舅舅干巴巴地说。他转过身,领着我们钻进了金字塔的入口。

我真搞不清楚我是怎么迷路的。

我和莎莉一起跟着本舅舅和尼拉往前走。我们跟得很紧。我听见舅舅在解释说隧道壁都是花岗岩和石灰岩构成的。

我们安全帽上的灯都亮着。一道道细细的黄色灯光在隧道里布满灰尘的地面和墙壁上扫来扫去,我们在金字塔里越走越深。

隧道的顶部很低,我们走路的时候必须弯着腰。隧道蜿蜒曲折,还有几条更加狭窄的隧道通向别处。"这些都是死胡同。"本舅舅这么说。

安全帽的灯光闪烁不定,使我们很难看清周围的情况。我绊了一下,胳膊肘擦在粗糙的隧道壁上。我没想到下面会这么凉,真后悔没有再穿一件运动衣什么的。

前面,本舅舅正在跟尼拉讲图坦国王和霍鲁王子的事。我觉得本舅舅是想讨尼拉的欢心。我甚至猜想本舅舅可能已经爱上了她。

"真是惊心动魄啊！"我听见尼拉喊道，"幸亏你和菲尔丁博士让我来亲眼见识一下。"

"菲尔丁博士是谁呀？"我小声问莎莉。

"我爸爸的搭档，"莎莉轻声回答，"可是爸爸不喜欢他。你可能会见到他，他总在这附近转悠。我也不太喜欢他。"

我停下来查看隧道壁上一个奇形怪状的记号。它的形状就像某种动物的脑袋。"莎莉——快看！"我小声说，"古代的绘画。"

莎莉翻了翻眼珠。"这是巴特·辛普森（美国动画电视剧《辛普森一家》中一个虚构的角色，是一个只有十岁的顽童——译者注）。"她嘟囔道，"肯定是爸爸的一位工作人员把它画在这里的。"

"我知道！"我没说实话，"我只是想考考你。"

我什么时候才能不在表妹面前出洋相呢？

我转身离开隧道壁上那个愚蠢的图画——却发现莎莉不见了。

我能看见她安全帽的细细光柱在前面闪动。"喂——等等我！"我喊道。可是隧道往旁边一拐，光柱消失了。

接着，我脚底下又绊了一下。

我的安全帽撞在隧道壁上。灯光熄灭了。

"喂——莎莉？本舅舅？"我大声地喊他们。我把身子靠在隧道壁上，四下里一片漆黑，我不敢动弹。

"喂！有人听见吗？"我的声音在狭窄的隧道里回荡。

没有人回答。

我摘下安全帽，用手摸索着那盏小灯。我想把它拧紧，然后又把整个帽子摇晃了几下。然而灯还是不亮。

我叹了口气，把帽子重新戴到头上。

现在怎么办呢？我想，开始感到有点恐慌，心里一阵阵发紧，嗓子突然变得很干。

"喂——有人听见吗？"我喊道，"我在下面，漆黑一片。我没法走路！"

没有回答。

他们在哪儿呢？难道他们没有注意到我不见了吗？

"好吧，我就在这里等他们好了。"我自言自语地嘟囔。

我把肩膀靠在隧道壁上——结果穿墙而过。

我没办法保持身体平衡。没有东西可以抓住。

我向下坠落，在一片黑暗中向下坠落……

9 白色蜘蛛

在坠落中，我的双臂胡乱地挥动着。

我狂乱地想抓住一个什么东西。

事情发生得太突然了，我甚至没来得及叫喊。

我重重地仰面摔倒。胳膊和腿一阵剧痛。周围一片漆黑。

我简直喘不过气了，眼前闪过几道耀眼的红色，然后一切又变得漆黑。我挣扎着想呼吸，却吸不进任何空气。

我的胸膛里有一种可怕的沉甸甸的感觉，就像被一只篮球砸中了肚子一样。

最后，我坐了起来，努力想在一片漆黑中看到点什么。我听见一种轻微的沙沙声。有什么东西正在硬邦邦的泥土地上滑过。

"喂——有人听得见吗?"我的声音低沉沙哑。

现在我的后背很疼，呼吸倒是正常了。

"喂——我在下面呢！"我提高了声音又喊。

没有回答。

他们没有发现我不见了吗？他们没有找我吗？

我双手撑地，把身子向后仰去，感觉好些了。我突然觉得右手痒酥酥的。

我伸手去挠，好像把什么东西掸掉了。

接着我发现我的两条腿也在发痒。好像有什么东西在我的左手腕上爬。

我使劲甩了甩手。"这里到底怎么回事？"我小声对自己说。

我全身都在发痒。胳膊和腿上还有轻微的刺痛感。

我甩着两个胳膊，从地上跳了起来。结果我的安全帽重重地撞在一块突出的低矮石头上。

灯一下子亮了。

我大吃一惊，看到狭窄的光柱里有许多爬行的动物。

是蜘蛛！几百只圆鼓鼓的白色蜘蛛，在隧道底部铺了厚厚一层。

它们在地上爬来爬去，密密麻麻。我猛地抬起脑袋，灯柱也随着往上射去，我看见石壁上也满是蜘蛛。那些白色的蜘蛛使洞壁看上去好像在动，仿佛活的一般。

蜘蛛循着看不见的蛛丝，从墓室顶部挂下来。它们似乎正在半空中飘浮、跳动。

我把手背上的一只蜘蛛抖掉了。

我突然倒吸了一口冷气，意识到我的两条腿也在发痒。腿上密密麻麻地爬满了蜘蛛。蜘蛛正顺着我的胳膊往上爬，顺着我的后背往下爬。

"救命——来人啊！救命！"我好不容易喊出声来。

我感觉到一只蜘蛛落到了我的头顶上。

我疯狂地用手把它掸掉了。"来人啊——救救我！"我尖声大叫，"有人听见吗？"

就在这时，我看见一个更可怕的东西。比蜘蛛可怕得多。一条蛇从上面滑下来，迅速地朝我的脸上降落。

10 木乃伊小手

那条蛇悄无声息地向我坠落，我闪身一躲，赶紧用手护住脑袋。

"抓住它！"我听见有人在喊，"快抓住它！"

我吃惊地叫了一声，抬起目光。灯柱也随着往上射去。我看见从上面落下来的不是一条蛇，而是一根绳子。

"抓住它，加比！快抓住它！"莎莉在上面很高的地方焦急地喊道。

我掸掉身上的蜘蛛，使劲地踢蹬双脚，甩掉运动鞋上的蜘蛛，然后用双手抓住绳子。

我感到自己被拽了上去，穿过黑暗，升到上面的隧道地面。

几秒钟后，本舅舅探下身体，抓住我的两个肩膀。他把我提起来的时候，我看见莎莉和尼拉正在用吃奶的力气拉着绳子。

我双脚踏上了坚实的地面，高兴地欢呼起来，但是我没有庆贺多长时间。我全身火辣辣的，感觉像着了火一样！

我像发了狂一样，使劲踢着双腿，掸掉胳膊上的蜘蛛，抓掉后背上的蜘蛛，用脚踩死那些从我身上急急忙忙爬走的蜘蛛。

我抬起目光，看见莎莉正在嘲笑我。"加比，你这是跳的什么舞啊？"她问。

本舅舅和尼拉也在哈哈大笑。"你是怎么掉到那下面去的，加比？"本舅舅望着下面的蜘蛛坑，问道。

"那面墙……垮掉了。"我说，一边使劲挠着我的两条腿。

"我还以为你仍然跟我在一起呢，"莎莉解释说，"结果我一转身……"她的声音低了下去。

本舅舅安全帽上的灯光照着下面的坑穴。"掉下去挺深的呢，"本舅舅说着，又转向我，"你真的没事吗？"

我点点头："我想没事。我摔得透不过气来。然后那些蜘蛛……"

"这里足有好几百个这样的坑穴，"舅舅说道，看了一眼尼拉，"金字塔的建造者用隧道和坑穴构成了一个迷宫——用来迷惑盗墓者，使他们找不到真正的墓室。"

"呸！这么肥的蜘蛛！"莎莉叹了一声，退后几步。

"下面有好几百万只呢，"我对她说，"在墙壁上爬，从顶上悬挂下来——到处都是。"

"这肯定会让我做噩梦的。"尼拉轻声说道，朝本舅舅身边挪了挪。

"你真的没事吗?"舅舅又问了一遍。

我刚要回答，突然想起了什么。那只木乃伊手。我把它塞在屁股口袋里的。

我落地的时候，是不是把它压坏了?

我的心狂跳了一下。我可不愿意那只小手遭到什么不测。它可是我的幸运符啊。

我把手伸进牛仔裤口袋，掏出了那只小手。我把它放在我的安全帽灯光下，仔细端详。

我看到小手完好无损，放心地舒了口气。它摸上去仍然冷冰冰的，但没有被压坏。

"这是什么?"尼拉问道，一边凑过来看个究竟，她把长长的秀发从脸上拂开，"这是'召唤师'吗?"

"你是怎么知道的?"我问，把小手举起来，让她看得更清楚一些。

尼拉专注地盯着小手。"我知道古埃及的许多事情，"她回答道，"我一辈子都在研究古埃及。"

"这可能是一件古代的遗物。"本舅舅插嘴道。

"也可能只是一件不值钱的纪念品。"莎莉说。

"它真的有魔力，"我坚持道，一边小心掸去它上面的尘土，"我掉在那下面，"我指着蜘蛛坑——"它竟然没有被压碎。"

"我猜想这是一个幸运符。"尼拉说着，又转脸看着本舅舅。

"那它为什么没有阻止加比摔到墙壁后面去呢？"莎莉说。

我还没来得及开口回答，就看见木乃伊手动了。那些小小的手指慢慢弯曲，展开，又握紧。

我大叫一声，差点把它掉在地上。

"加比——你又怎么啦？"本舅舅紧张地问。

"噢……没什么。"我回答。

他们肯定不会相信我。

"我认为我们的探险可以告一段落了。"本舅舅说。

我们朝入口处走去时，我把木乃伊手举在面前。

我刚才不是幻觉。我知道得很清楚。那些手指确实动了。

可是为什么呢？

难道那只手是在给我发信号？难道它要提醒我什么？

11　金狮密封机关

两天后，本舅舅的工人们到达了墓室的门口。

我和莎莉这两天就在帐篷里消磨时间，或者在金字塔外面逛来逛去。周围基本上都是沙漠，没有什么可以猎奇的。

一个漫长的下午，我们玩了一遍又一遍拼字游戏。跟莎莉一起玩拼字游戏没有什么乐趣。她玩起来警惕性特别高，花好几个小时想办法把空格堵住，不让我拼出好词儿来。

每当我拼出一个特别好的词儿，莎莉就一口咬定根本没有这个词儿，并且说我犯规了。由于帐篷里没有词典，争论到最后总是她占上风。

这两天本舅舅显得特别焦躁不安。我想，他是因为终于要打开墓穴而感到紧张吧。

他基本上不跟我和莎莉说话，而是花很多时间会见一些我不认识的人。他看上去一本正经，透出一副企业家的派头，再也不像平常那样拍打着别人的后背，嘻嘻哈哈地开玩笑了。

本舅舅还花很多时间跟尼拉说话。一开始，尼拉说她想写一篇文章，讲本舅舅在金字塔里的发现。现在，她决定写一篇关于本舅舅的专访了。她随身带着一个小笔记本，几乎把本舅舅说的每句话都记在上面。

那天吃早饭的时候，本舅舅脸上终于露出了笑容，这是两天来的第一次。"就看今天的了。"他宣布道。

我和莎莉无法掩饰内心的兴奋。"你带我们一起去吗?"我问。

本舅舅点点头。"我希望你们在场，"他回答道，"也许今天我们要创造历史了！也许今天是一个你们需要终生铭记的日子。"他耸了耸肩，又若有所思地加了一句，"也许吧。"

几分钟后，我们三个跟着几个工人穿过沙漠，朝那座金字塔走去。天空灰蒙蒙的，乌云密布，好像快要下雨的样子。金字塔黑压压地耸立在那里，跟天上的乌云相接。

当我们朝后壁的那个小豁口走去时，尼拉跑了过来，照相机在她胸前晃来晃去。她穿着一件长袖的蓝色劳动布衬衫，下面是一条宽松的、有些退色的牛仔裤。本舅舅热情地跟她打招呼。"仍然不许拍照，"他坚决地告诉她，"保证？"

尼拉笑眯眯地看着他。她的绿眼睛里闪烁着兴奋的光芒。她把一只手放在胸口上："我保证。"

我们都从物品堆里拿了黄色的安全帽。本舅舅手里拿着一把很大的石锤。他猫下腰，从入口处钻了进去，我们紧随其后。

我加快脚步跟上莎莉，心脏怦怦地狂跳着。我们安全帽上的灯光照射在狭窄的隧道里。我听见前面很远的地方传来工人们说话的声音，还听见他们的挖掘工具发出持续不断的声响。

"这真是太刺激了！"我气喘吁吁地朝莎莉喊道。

"说不定墓室里全是珠宝呢，"我们拐过一个弯道时，莎莉小声地说，"蓝宝石、红宝石、绿宝石。说不定我还可以戴戴一位古埃及公主戴过的珠宝王冠呢。"

"你说，墓室里会有木乃伊吗？"我问，我对珠宝不怎么感兴趣，"你说，霍鲁王子的木乃伊尸体会不会就躺在那里，等待着被人发现？"

莎莉厌恶地做了个鬼脸："你是不是整天就想着——木乃伊？"

"那是，我们毕竟是在一座古埃及金字塔里嘛！"我反驳道。

"那个墓室里大概有价值几百万美元的珠宝古玩，"莎莉指责我说，"而你一门心思净想着一具发霉的、被焦油和纱布裹得严严实实的僵尸。"她摇了摇头，"你知道吗，大多数孩子在八九岁时就摆脱对木乃伊的痴迷了。"

"本舅舅就没有！"我回答道。

这下她无话可说了。

我们默默地跟着尼拉和本舅舅往前走。过了一会儿，狭窄的隧道突然拐了一个急弯。我们再往前走，空气变得暖和了。

我看见前面有灯光。有两只手电筒已被固定在远处的墙壁上。我们走近时，我才发现那不是墙壁，而是一道门。

四个工人——两男两女——正跪在地上，用小铲子和小锄头干活。他们正在刨去门上的最后一些土块。

"看上去真漂亮啊！"本舅舅大声说，一边朝那些工人跑去。他们转过身来跟他打招呼。"令人敬畏，绝对是令人敬畏！"他宣布道。

我和尼拉、莎莉跟着他走上前去。本舅舅说得对，那道古门确实令人敬畏！

它不是很高，看得出来，本舅舅需要弯下腰才能钻进去，但它确实是一道配得上王子的门。

深色的红木——如今已经石化——肯定是从遥远的地方运来的。我知道埃及生长的树木都不可能生成这样的木

材。

整个门从上到下都刻满了奇怪的象形文字。我认出了鸟和猫还有其他几种动物，都深深地刻在深色的木头上。

最令人震惊的，是门上的密封机关—— 一只咆哮的狮子头，用金子雕刻而成。在手电筒的亮光照射下，狮子像太阳一样发出光芒。

"金子是软的，"我听见一个工人告诉我舅舅，"密封机关很容易就能打开。"

本舅舅把沉重的石锤放在地上。他久久地凝视着闪闪发光的狮子头，然后转过身来看着我们。"他们以为这只狮子能把侵入墓穴的人吓走，"他说，"我想，在以前，这一招是很管用的。"

"哈萨德博士，我必须把打开密封机关的场面拍下来，"尼拉说着，上前走到舅舅身边，"你必须让我把它拍下来。这么重要的时刻，不能不记录下来。"

舅舅若有所思地望着她。"那么……好吧。"他同意了。

尼拉举起照相机，脸上绽开了喜悦的笑容："谢谢你，本。"

工人们退到后面。其中一个递给本舅舅一把榔头，还有一件精巧的工具，看上去就像外科医生的手术刀。"这一刻都属于您，哈萨德博士。"她说。

本舅舅举起工具，朝密封机关走去。"我一打开这个密封机关，门就开了，我们便会走进一间四千年来没有人进过的墓室。"

尼拉把照相机举到眼前，小心地调整着焦距。

我和莎莉走过去站在工人们旁边。

本舅舅把工具举起来的时候，金狮子放出的光芒似乎更亮了。隧道里一片寂静。我可以感觉到那种兴奋，感觉到周围的紧张气氛。

真是惊心动魄啊！

我意识到我一直屏住呼吸，便轻轻地、长长地舒了口气，然后又吸进一口气。

我看了一眼莎莉。她紧张地咬着下嘴唇，两只手紧紧地叉在腰间。

"有人饿了吗？也许我们应该把这事忘掉，派人去买一份比萨回来！"本舅舅开玩笑说。

我们都大声笑了起来。

本舅舅就是这样——在一生中最激动人心的时刻，突然爆出一个蹩脚的笑话。

大家又恢复了紧张的沉默。本舅舅的表情也变得严肃了。他转向那个古代的密封机关。他举起小凿子，插到机关后面。然后他把榔头举了起来。

突然，一个雷鸣般的声音响了起来："劳驾——请让我安息！"

12 进入墓室

我发出了一声惊愕的尖叫。

"让我安息!"那个雷鸣般的声音又说了一遍。

我看到本舅舅放下了他的凿子。他转过身,惊讶地睁大了眼睛。

我意识到声音是从我们身后传来的。回身一看,是一个我以前从没见过的男人,他的半个身子都笼罩在隧道的阴影里。他正拔腿朝我们走来,步子很大、很果断。

这是一个瘦瘦高高的男人。他的个子实在太高了,在低矮的隧道里,不得不弓着腰。他的脑袋是秃的,只在两个耳朵边生着一圈黑黑的头发。他的脸又细又长,薄薄的嘴唇抿得紧紧的,显得很不友好。

他身上是一件熨得笔挺的旅行夹克,里面穿着衬衫,戴着领带。他的一双黑眼睛像两粒小葡萄干,生气地盯着本舅舅。我怀疑这个人平常不吃饭，他简直瘦得像一具木乃伊！

"奥马尔！"本舅舅说，"没想到你会从开罗回来。"

"让我安息，"菲尔丁博士又说了一遍，这次语气比较缓和，"这是霍鲁王子的话。写在我们上个月发现的那块古代石头上。这是王子的愿望。"

"奥马尔，我们已经讨论过这个问题了。"舅舅叹了口气，回答道。他把榔头和凿子垂在身体两侧。

菲尔丁博士推开我和莎莉，就好像我们俩根本不存在似的。他在我舅舅面前停住脚步，用一只手拂了拂他的秃顶。"好啊，你怎么有胆子打开密封机关？"菲尔丁博士问道。

"我是个科学家，"舅舅慢慢地一字一顿清清楚楚地回答，"我不能让迷信阻碍了科学发现，奥马尔。"

"我也是个科学家，"菲尔丁博士回答，用两只手紧了紧他的领带，"但我不愿意玷污这座古墓。我不愿意违反霍鲁王子的意愿。我也不愿意把象形文字所写的内容称为迷信。"

"这就是我们的分歧所在。"本舅舅轻声说，他朝那四个工人示意，"我们耗费了这么多年、这么多时间，不可能就此止步。我们已经走了这么远了，奥马尔。我们必须进行到底。"

菲尔丁博士咬着下嘴唇，他指着门的顶部："你看，本，那上面的象形文字跟石头上的一样。都是那个警告——让我安息。"

"我知道，我知道。"舅舅说着，皱起了眉头。

"这个警告说得很明白，"菲尔丁博士激动地说，两只葡萄干似的小眼睛眯起来盯着我舅舅，"如果有人胆敢打扰王子，如果有人胆敢重复五遍写在古墓上的古语，王子的木乃伊就会复活。他就要去找那些打扰了他的人报仇。"

听了这些话，我不寒而栗。我使劲盯着本舅舅。他为什么没有把王子的威胁告诉我和莎莉？他为什么没有提到他们在古代石头上发现的那些警告？

难道他担心会吓到我们？

难道他自己害怕了？

不。不可能！

此刻，他正跟菲尔丁博士辩论，看上去一点儿也不害怕。我看得出来，他以前已经论证过这个问题。我还看得出来，菲尔丁博士不可能阻止本舅舅打开密封机关，进入墓室。

"这是我最后一遍警告你，本——"菲尔丁博士说，"为了在场的每一个人……"他用一只手指了指那四个工人。

"迷信，"本舅舅回答，"我不能被迷信绊住脚步。我是个科学家。"他举起凿子和榔头，"机关一定要打开。"

菲尔丁博士厌恶地举起双手。"我可不想成为你们的一分子。"他宣布道。他猛地转过身，脑袋差点儿撞在隧道顶上。然后他低声嘟囔着，匆匆走开，迅速消失在黑暗的隧道深处。

本舅舅朝他追了两步。"奥马尔——奥马尔?"

可是，我们听见菲尔丁博士正在离开金字塔，他的脚步声越来越弱。

本舅舅叹了口气，凑到我跟前。"我不信任那个人，"他低声说，"他其实并不关心那些古代的迷信说法。他是想把这个发现据为己有，所以他才想把我拦在门外。"

我不知道该怎么回答。本舅舅的话让我感到十分诧异。我本来以为，对于谁拥有发现结果，科学家们是有一定之规的。

本舅舅小声对尼拉说了几句什么。然后他回身朝四个工人走去。"如果你们有谁赞同菲尔丁博士的话，"他对他们说，"现在可以离开。"

工人们互相交换着目光。

"你们都听说了刻在墓室门上的警告。我不愿意强迫任何人进入墓室。"本舅舅对他们说。

"可是我们干得这么辛苦，"一个工人说，"我们不能半途而废。我们别无选择，必须打开那道门。"

舅舅脸上掠过一丝笑意。"我同意。"说着，他转过身去面对那个狮子机关。

我扫了一眼莎莉，发现她正盯着我。"加比，如果你害怕了，老爸会让你离开的，"她轻声说，"你用不着感到不好意思。"

她总是跟我过不去！

"我要留下来，"我轻声回答她，"但是如果你要我护送你回帐篷，也没问题。"

当啷！一声巨响，我们俩都转身朝墓门望去。本舅舅正在撬开金狮密封机关。尼拉把照相机举了起来。工人们紧张地站在那里，注视着本舅舅的每一个动作。

本舅舅的动作很慢、很谨慎。他把凿子插到狮子机关的后面，轻轻地挖掘，轻轻地往上撬。

几分钟后，机关落进了舅舅的双手里。尼拉忙着拍照，咔嚓！咔嚓！拍了一张又一张。本舅舅小心地把机关交给一个工人。"这可不是圣诞礼物，"他开玩笑说，"我要把它放在我的壁炉架上！"

大家全都笑了起来。

本舅舅用两只手抓住门的边缘。"我先进去，"他宣布道，"如果我二十分钟后还没有回来，就去告诉菲尔丁博士；他说对了！"

又是一片笑声。

两个工人走过去帮助本舅舅把门推开。他们用肩膀顶住门，使劲地推。

门一动不动。

"可能需要上点儿油了，"本舅舅开玩笑说，"毕竟关了四千年啊。"

他们用凿子和鹤嘴锄忙活了几分钟，小心翼翼地让门变得松动。然后他们又开始推，用肩膀抵住沉重的红木墓门。

"动了！"门滑开了一英寸，本舅舅大喊一声。

接着又是一英寸，又是一英寸。

大伙儿都挤上前去，迫不及待地想看到古代墓穴的模样。

两个工人移动着两个大手电筒，把它们对准门口。

本舅舅和两个助手使劲推门的时候，我和莎莉走到尼拉身边。"真是太刺激了！"尼拉激动地喊道，"我真不敢相信，这里只有我一个记者！我太幸运了！"

我也很幸运，我想。有多少孩子愿意拿出所有的一切，换到我现在站的这个位置？有多少孩子梦想着成为世界上第一批进入埃及金字塔内一座四千年古墓中的人之一？

我脑海里突然闪过家里几位朋友的脸庞。我发现自己迫不及待地要把自己在这里的奇遇告诉他们！

门蹭着泥土地，发出刺耳的响声。又是一英寸。又是一英寸。

门缝已经很大，可以容一个人挤进去了。

"把灯光挪一挪，"本舅舅吩咐道，"再打开几英寸，我们就能进去跟王子握手了。"

门又摩擦着打开了一点儿。本舅舅和他的助手用力一推，把门又推开了几英寸。

"开了！"本舅舅高兴地喊道。

尼拉抢拍了一张照片。

我们都急切地挤上前去。

本舅舅第一个从门缝挤了进去。

莎莉把我推到一边，抢到我的前头。

我的心怦怦跳得可厉害了，双手突然变得冰冷。

我才不在乎谁先进去呢，只要能进去就行！

我们一个接一个地钻进了古代墓室。

终于轮到我了。我深深吸了口气，从门缝钻了进去，看到——什么也没有。

墓室里空荡荡的，只有一大片蜘蛛网。

里面一无所有。

13 第二间墓室

我长长地叹了一口气。可怜的本舅舅，白忙活了一场。我感到失望极了。

我扫视着空荡荡的墓室。手电筒的亮光照得那些密密麻麻的蜘蛛网银光闪闪。我们的影子在泥地上拉得很长，像幽灵一样。

我转向本舅舅，以为他也会大失所望。可是我惊讶地发现，他脸上竟然笑眯眯的。"把灯挪一挪，"他对一位工人说，"把工具拿来。我们还需要打开一个机关。"

他指着空墓室那头的墙壁。在昏暗的光线下，我分辨出一道门的轮廓。又是一头雕刻的狮子把门死死封住。

"我就知道这不是真正的墓室！"莎莉笑嘻嘻地看着我，大声说道。

"就像我说的那样，埃及人经常这么做，"本舅舅解释

说，"他们为了不让盗墓者找到真的墓室，经常建造几个假墓室。"他摘掉安全帽，挠了挠头发，"实际上，"他继续说道，"我们可能要经过好几个空墓室，才能最后找到霍鲁王子安息的地方。"

尼拉拍了一张本舅舅查看新发现的那道门的照片。她笑眯眯地看着我。"加比，你真应该看看你脸上的表情，"她说，"一副大失所望的样子。"

"我还以为——"我说。可是听到本舅舅的凿子撬动机关的声音，我停住了话头。

我们都转身注视着他打开机关。我透过密布的蛛网，望着房间的那头，努力想象那道门后面等待着我们的是什么。

又是一间空的墓室？还是一位四千岁的埃及王子，被他的珠宝财产包围在中间？

开门的过程很缓慢。我们都出去吃了午饭，然后再回来。那天下午，本舅舅和他的助手又工作了两个小时，小心翼翼地把机关拆下来，同时注意不把它损坏。

他们工作的时候，我和莎莉就坐在地上观看。空气闷热，还有一股酸味儿。我猜想这是古代的空气。我和莎莉谈到去年暑假，谈到我们在大金字塔里的历险。尼拉给我们拍了张照片。

"差不多了。"本舅舅宣布道。

064

我们都开始激动了。我和莎莉从地上爬起来，走到房间那头去看个究竟。

狮子机关已经从门上拿下来了。两个工人轻轻地把它放在一个铺着软垫的箱子里。然后本舅舅和另外两个工人开始把门推开。

这道门比刚才那道还要难推。"它……真的……卡住了。"本舅舅边用力推边说。他和工人们又拿来几件工具，开始把多少个世纪以来在门框里形成的硬壳撬掉、铲除。

一个小时后，他们把门推开了一英寸。接着又是一英寸。又是一英寸。

门推到半开的时候，本舅舅取下安全帽上的灯，照着门里面。他探头望着第二间墓室，一言不发地望了很久很久。

我和莎莉凑了过去。我的心又开始怦怦狂跳。

他看见了什么？我想。他这么默不作声地凝视着什么？

终于，本舅舅把灯放下，转身看着我们。"我们犯了一个大错误。"他轻声地说。

14 木乃伊石棺

　　一片震惊，房间里鸦雀无声。我使劲咽了口唾沫，被本舅舅的话惊呆了。

　　没想到，他的脸上突然绽开了一个大大的笑容。"我们犯了一个大错误，低估了我们的发现！"他大声说道，"它将会比图坦王的发掘还要重要！这个陵墓会更加气派！"

　　喜悦的欢呼声在墙壁间回荡。工人们冲过去跟本舅舅握手，向他表示祝贺。

　　"祝贺我们大家吧！"本舅舅高兴地大声说。

　　我们都兴奋地高声说笑，从狭窄的门缝钻进了第二间墓室。

　　当灯光把这间大屋子照亮时，我知道眼前看到的情景是我永远也不会忘记的。就连厚厚的尘土和密密麻麻的蛛网也掩盖不住房间里堆满的财宝。

我的目光迅速地四下环顾，拼命想把一切都看个清楚。可是要看的东西实在太多了！我简直感到头晕目眩。

墙壁从上到下都是象形文字，深深地刻在石头上。地上摆满了家具和其他物品。它看上去不像墓穴，而像某个大户人家的阁楼或储藏室！

一个高高的直背宝座吸引了我的视线。椅背上刻着一轮金色的、光芒四射的太阳。我看到宝座后面有椅子和长凳，还有一张长长的躺椅。

靠墙放着几十只石罐和陶罐，有些已经破裂，但许多都完好无损。

地板中央摆着一个金色的猴子脑袋，可以看见后面有几只大箱子。

本舅舅和一个工人小心翼翼地掀开一只箱子的盖子，他们往里面一看，惊讶地睁大了眼睛。

"首饰！"本舅舅大声宣布，"满满的都是金首饰！"

莎莉走到我身边，脸上露出兴奋的笑容。

"真是令人敬畏！"我小声说。

她点点头表示赞同："令人敬畏！"

我们在一片寂静中窃窃私语。其他人都没有说话，大家都为眼前的景象感到震惊。最响的声音就是尼拉那架咔嚓咔嚓的照相机了。

本舅舅走到莎莉和我中间，把两只手分别放在我们的

肩膀上。"真令人不敢相信，是吗?"他大声说，"保存得非常完好，四千年没被碰过。"

我抬头看了他一眼，发现他眼睛里含着泪水。我知道，这是本舅舅一生中最重要的时刻。

"我们必须格外小心……"本舅舅话没说完就顿住了，我看到他的表情大变。

他领着我和莎莉朝房间那头走去，我才发现他目不转睛看着的是什么。一口很大的木乃伊石棺靠在对面的墙边，被阴影笼罩着。

"哦，天哪!"当我们朝石棺走去时，我喃喃地惊叹。

石棺是用光滑的灰色石头做成的，沉甸甸的棺盖中央有一道长长的裂缝。

"王子就埋在里面吗?"莎莉急切地问。

本舅舅没有马上回答。他站在我们中间，不错眼珠地盯着古老的木乃伊石棺。"我们很快就会知道。"他最后说道。

他和四个工人一起想办法打开棺盖，尼拉放下照相机，凑过去仔细观看。她的一双绿眼睛紧紧盯着棺盖被慢慢地挪开。

里面是一口木乃伊形状的棺材，不是很长，也没有我原来想的那么宽。

工人们慢慢地把棺材盖撬开。我屏住呼吸，一把抓住本舅舅的手——木乃伊露了出来。

看上去那么小，那么柔弱！

"霍鲁王子。"本舅舅盯着石棺里面，低声嘟囔道。

王子仰面躺着，细瘦的双臂交叉放在胸前。黑色的焦油已经渗透一层层绷带。脑袋上的纱布脱落了，露出涂满焦油的头皮。

我俯身凑近石棺，心跳到了嗓子眼里，那双被焦油染得漆黑的眼睛似乎正绝望地盯着我看。

里面躺着的是一个真人，我想，感觉后背上蹿出一股凉气。他的个头跟我差不多。他死了。别人用滚热的焦油和布料把他裹了起来。他在这个石棺里已经躺了四千年。

一个真人。一位高贵的王子。

我盯着覆盖他脸部的污迹斑斑的皱裂的焦油，盯着那些薄纱般的、起毛泛黄的布料，盯着那具僵硬的尸体，它是那么柔弱、那么渺小。

它曾经是活的，我想。他是不是想过，在四千年之后，会有人打开他的棺材盯着他看？盯着他的木乃伊尸体？

我退后一步，喘了口气。这一幕太令人激动了。

我看见尼拉眼睛里也噙满泪水。她把两只手撑在石棺上，俯身望着王子的尸体，一双眼睛紧紧盯着那张焦黑的脸庞。

"这恐怕是迄今发现的历史上保存最完好的遗体了，"本舅舅轻声说道，"当然啦，我们还要做许多检测，确认这个年轻人的身份。不过，从这个墓室的其他所有东西来判断，我认为完全可以肯定……"

　　他的话还没说完，我们就听见外面有声音传来——脚步声、说话声。

　　我猛地转过身，望着门口，看见四个一身黑衣的警察冲了进来。"听着，每个人都退后一步。"其中一个命令道，一边伸手去摸腰间的手枪。

15 秘密咒语

吃惊的喊叫声响彻墓室。本舅舅迅速转过身，惊愕地睁大了眼睛。"怎么回事?"他大声问道。

四名埃及警察快步走到墓室中央，他们神色凝重，眉头皱得紧紧的。

"留神!"本舅舅警告道，他站在木乃伊石棺前，好像要保护它，"什么也别碰，所有的东西都是一碰就碎。"

他一把扯下安全帽，用眼睛挨个儿看着那几个警察。"你们上这儿来做什么?"

"是我叫他们来的。"门口一个洪亮的声音说。

菲尔丁博士走了进来，脸上是一副志得意满的表情。一双小眼睛兴奋地闪着光。

"奥马尔——我不明白。"本舅舅说，一边朝这位科学家走了几步。

"我认为最好保护这间墓室里的东西。"菲尔丁博士回答。他迅速环顾了一下墓室，把里面的珍稀财宝尽收眼底。

"太妙了！真是太妙了！"他大声说，同时走上前，热情地跟本舅舅握手，"祝贺，祝贺你们大家！"他声如洪钟地说，"简直令人难以置信。"

本舅舅的表情缓和了。"我仍然不理解为什么需要他们到场，"他指了指那几个一脸严肃的警察说，"这间墓室里的人谁也不会偷东西的。"

"当然不会，"菲尔丁博士回答，仍然紧紧抓住本舅舅的手不放，"当然不会。但是消息很快就会传出去的，本。我认为我们应该作好准备，看住我们发现的东西。"

本舅舅怀疑地打量着那四个警察，接着，他耸了耸宽阔的肩膀。"也许你是对的，"他对菲尔丁博士说，"也许你考虑得周到。"

"不必理睬他们。"菲尔丁博士回答，他拍了拍我舅舅的后背，"我应该向你道歉，本。先前我不应该试图阻止你。作为一名科学家，我头脑应该更清楚一些。我们应该为世人打开这个墓室。我希望你能原谅我。我们有许多值得庆祝的——不是吗？"

"我不相信他，"那天晚上，我们离开帐篷去吃晚饭时，本舅舅对我们说出了他的心里话，"我一点儿也不相信我的这位搭档。"

这是一个晴朗的夜晚，凉爽得令人吃惊。黛紫色的夜空中，点缀着无数颗闪闪烁烁的白色星星。微风不断吹来，棕榈树在地平线上轻轻摇曳。前面那堆很大的篝火在风中悠悠地跳动着。

"菲尔丁博士会跟我们一起吃晚饭吗?"莎莉问。她穿着一件浅绿色的长袖T恤衫，下面是黑色紧身裤。

本舅舅摇了摇头。"不会，他忙着给开罗打电话呢。我认为他迫不及待地要把这个好消息告诉我们的赞助人。"

"他看到木乃伊和那些东西时，似乎兴奋得要命。"我一边说着一边扫了眼那座高高耸立在夜空中的金字塔。

"是啊，"本舅舅承认道，"他无疑是匆忙改变了主意！但我在密切地监视他呢，奥马尔做梦也想把这个项目据为己有。我还密切监视他带来的那几个警察。"

"爸爸，这应该是一个愉快的夜晚，"莎莉责怪道，"我们别再谈论菲尔丁博士了。我们可以谈谈霍鲁王子，谈谈你将要变得大名鼎鼎、腰缠万贯吧!"

本舅舅哈哈大笑起来。"好，就这么定了。"他对莎莉说。

尼拉在篝火旁等我们。本舅舅邀请她跟我们一起吃烧烤。她穿着一件白色的长袖运动衫，下面是一条宽松的牛

仔裤。月亮刚刚升到帐篷顶上，照得她的琥珀挂坠闪闪发光。

她看上去确实漂亮极了。我们走近时，她亲热地朝本舅舅嫣然一笑。我从本舅舅脸上的表情看出，他很喜欢她。

"莎莉，你比加比还高呢，是不是?"尼拉说。

莎莉咧嘴笑了。她就喜欢比我高，虽然我比她大一点儿。

"不到一英寸。"我赶紧声明。

"人确实越长越高了，"尼拉对我舅舅说，"霍鲁王子那么矮，放在今天，简直是个侏儒!"

"真令人纳闷，这么矮的人竟然建造了这么高的金字塔。"本舅舅笑眯眯地说。

尼拉微笑着挽住他的胳膊。

我和莎莉交换了一下眼神。我知道莎莉心里在想什么。她的表情仿佛在说：这两个人是怎么回事?

晚餐很丰盛。本舅舅把牛排汉堡烤得有点煳，但是谁也没有往心里去。

莎莉狼吞虎咽地吃了两个牛排汉堡，而我只能吃下一个。这又使她有了吹嘘的资本。

我真是受够了我这位喜欢自吹自擂的表妹。我发现自己在绞尽脑汁想办法报复她。

尼拉和本舅舅一直在说笑。

"那个墓室看上去像个电影片场，"尼拉取笑我舅舅说，"一切都太完美了。所有那些金子，还有那个完美的小木乃伊，都像是假的。我文章里就准备这么写。"

本舅舅哈哈大笑，他转向我："你有没有检查一下木乃伊，加比？这个木乃伊有没有戴着手表？"

我摇摇头："没戴手表。"

"看到了吗？"本舅舅对尼拉说，"没戴手表，所以肯定是真的！"

"我想这就足以证明了。"尼拉说着，朝我舅舅露出亲切的微笑。

"爸爸，你知道那个让木乃伊复活的咒语吗？"莎莉插嘴说道，"你知道的，就是菲尔丁博士说的刻在坟墓上的咒语。"

本舅舅把最后一口牛排汉堡咽了下去，然后用餐巾擦了擦下巴上的油渍。"我无法相信一位严肃的科学家会相信这种迷信的玩意儿。"他喃喃地说。

"可是那六个让木乃伊复活的词是什么呢？"尼拉追问道，"求求你，本，告诉我们吧。"

本舅舅的笑容隐去了。他朝尼拉摇晃着一根手指。"哦，不！"他大声说道，"我不信任你。如果我把咒语告诉了你，你就会让木乃伊复活，然后为你的报社拍一张精

彩的照片!"

我们都笑了起来。

我们坐在篝火周围,橙黄色的火光映照着我们的脸庞。本舅舅把他的盘子放在地上,在篝火上方伸出了两只手。

"特基——卡赫鲁,特基——卡赫拉,特基——克哈里!"他用低沉的声音说道,一边在火焰上方挥舞着双手。

篝火发出噼噼啪啪的声音。一根树枝突然爆响,吓得我的心脏狂跳了一下。

"这就是那个秘密咒语?"莎莉问道。

本舅舅严肃地点点头:"这就是刻在坟墓入口处的象形文字。"

"说不定那个木乃伊已经坐起来伸懒腰了?"莎莉问。

"我会感到很意外的,"本舅舅回答,一边从地上站了起来,"你忘记了,莎莉——这个咒语必须重复五遍才管用。"

"噢。"莎莉若有所思地盯着篝火。

我在脑海里重复着那句咒语。"特基——卡赫鲁,特基——卡赫拉,特基——克哈里!"我需要把咒语牢记在心里。我有了一个吓唬莎莉的计划。

"你要去哪里?"尼拉问我舅舅。

"去通讯帐篷,"舅舅回答,"我要去打个电话。"他转过身，在沙地上大步流星地朝那一排帆布帐篷走去。

尼拉吃惊地笑了起来："他连一句再见都没说。"

"爸爸心里有事儿的时候，总是这样。"莎莉解释道。

"我想我也得走了，"尼拉说着，从地上站起来，掸了掸牛仔裤上的沙粒，"我要开始给报社写那篇报道了。"

她说了再见，快步走开了，凉鞋踩在沙地上，发出啪哒啪哒的声响。

我和莎莉坐在那里，盯着噼啪作响的火苗。半圆的月亮高高地悬在夜空，皎洁的月光映照着远处金字塔的顶部。

"尼拉说得对，"我对莎莉说，"那里看上去确实很像电影片场。"

莎莉没有回答。她两眼一眨不眨地盯着篝火，陷入了沉思。火苗中又有什么东西发出爆响。这声音似乎突然把她从沉思中惊醒。

"你说，尼拉喜欢爸爸吗？"她问我，一双乌溜溜的眼睛紧紧盯着我。

"我想是吧，"我回答道，"尼拉总是朝他那么笑着，"我模仿了一下尼拉的笑容，"而且总在逗他。"

莎莉思索着我的回答。"那你认为爸爸喜欢她吗？"

我咧嘴一笑："肯定喜欢。"我站了起来。我急着想回帐篷里去。我打算吓唬一下莎莉。

我们默默地朝帐篷走去。我想莎莉仍然在琢磨她爸爸和尼拉的事。

夜晚的空气很凉爽，但帐篷里热烘烘的。月光透过帆布的缝隙照进来。莎莉从小床底下拖出她的箱子，跪在地上找衣服。

"莎莉，"我小声说，"你说我敢不敢把那个古咒语念五遍？"

"什么？"莎莉从箱子上抬起目光。

"我准备念五遍咒语，"我对她说，"看看会发生什么事。"

我以为她会恳求我别这么做。我以为她会怕得要命，央求道，"求求你，加比——别这么做！别这么做！太危险了！"

没想到，莎莉又转回身去找她的衣服。"好啊，试试看吧。"她对我说。

"你肯定？"我问她。

"是啊，为什么不呢？"她说着，抽出了一条毛边牛仔短裤。

我盯着帐篷那边的她。我在她眼睛里看到的是恐惧吗？她是不是假装出一副若无其事的样子？

没错，我认为莎莉有点儿害怕，只是拼命忍着不让自己表现出来。

　　我走近几步，用本舅舅那种低沉的声音念着古咒语："特基——卡赫鲁，特基——卡赫拉，特基——克哈里!"

　　莎莉扔下牛仔短裤，转过脸来注视着我。

　　我第二遍重复这个咒语："特基——卡赫鲁，特基——卡赫拉，特基——克哈里!"

　　第三遍。

　　第四遍。

　　我犹豫了。我感到脖子后面一阵凉飕飕的。

　　我是不是应该再念一遍咒语呢？我是不是要念第五遍呢？

16 第五遍咒语

我低头望着莎莉。

她已经盖上箱子，紧张地靠在箱子上，凝视着我。我看出她心里害怕了，正紧张地咬着自己的下嘴唇。

我是不是应该再念第五遍咒语？

我觉得后背上又掠过一阵寒意。

这只是迷信，我对自己说。四千年前的迷信。

那个发霉的、变成木乃伊的王子，不可能因为我念了那句连我自己都不知道什么意思的咒语，就重新活过来！

绝不可能。

我突然想起我看过的所有那些关于古埃及木乃伊的老电影。在电影里，科学家们看到那些警告他们不要打扰木乃伊坟墓的咒语，总是不予理会。结果，那些木乃伊总是复活过来，找他们报仇。木乃伊们跌跌撞撞地走来走去，抓住那些科学家的喉咙，把他们掐死。

弱智电影。但我喜欢它们。

此刻，我低头看着莎莉，发现她真的害怕了。

我深深吸了口气，突然意识到自己也害怕了。

可是已经太晚了。我已经走得太远，现在不可能再做缩头乌龟。

"特基——卡赫鲁，特基——卡赫拉，特基——克哈里！"我大声说着第五遍。

我僵在那里——等待着。我不知道我在等待什么。一道闪电？也许吧。

莎莉站了起来，她扯了一绺乌黑的头发。

"承认吧，你完全吓傻了。"我说，脸上忍不住绽开了一个笑容。

"才没有呢！"她一口否认，"尽管念吧，加比。把咒语再念一遍。再念上一百遍！你不可能吓着我！没门儿！"

突然，我们看见一个黑影掠过帐篷壁，都惊得倒吸了一口冷气。

我的心脏几乎停止了跳动，只听得一个粗哑的声音对着帐篷低语："你们在里面吗？"

17 月夜跟踪

我双腿打战，跟跟跄跄地后退，向莎莉靠拢过去。

我看见她的眼睛睁得老大，因为吃惊和恐惧。

那个黑影正迅速地朝帐篷门口挪动。

我们甚至来不及尖叫，来不及喊救命。

我瞪大眼睛凝视着黑暗中，看见帐篷的门被撩开——一颗光溜溜的脑袋探进了帐篷。

"哦！"那个黑影垂头弯腰地朝我们走来，我发出一声惊恐的呻吟。

木乃伊活了！这令人恐惧的想法在我的脑海里闪过，我连连后退。木乃伊活了！

"菲尔丁博士！"莎莉喊道。

"什么？"我眯起眼睛看个究竟。

果然是菲尔丁博士。

我挣扎着想打个招呼，可是心跳得像打鼓一样，没法说出话来。我深深地吸了一口长气，屏住。

"我在找你父亲，"菲尔丁博士对莎莉说，"我必须立刻见到他。事情非常紧急。"

"他，他在打电话。"莎莉用颤抖的声音回答。

菲尔丁博士迅速转过身，猫腰钻出了帐篷。门帘在他身后啪地合上了。

我转向莎莉，心仍然怦怦跳个不停。"他差点儿把我吓死了！"我坦白地说，"我还以为他在开罗呢。当他把那颗瘦巴巴、光秃秃的脑袋探进帐篷时……"

莎莉笑了起来。"他的样子真像个木乃伊——不是吗？"她的笑容隐去了，"不知道他为什么这样急着要见爸爸。"

"咱们跟踪他吧！"我怂恿道。这主意是突然冒出来的。

"好，咱们走！"没想到莎莉这么快就同意了。她已经把帐篷的门帘掀开了。

我跟着她出了帐篷。夜晚的空气更凉了。一阵风吹来，所有的帐篷看上去都在发抖。

"他往哪边走了？"我悄声问。

莎莉用手指着。"我认为最前面那个就是通讯帐篷。"她在沙地上跑了起来。

我们跑的时候，风把沙子吹到我们腿上。我听见从一个帐篷里传出音乐声和说话声，工人们在庆祝这一天的发现成果。

月亮洒下一道清辉，像给我们的小路上铺了一条地毯。前面，我看见菲尔丁博士那骨瘦如柴的身体向前探着，正笨拙地、一冲一冲地朝最后那个帐篷走去。

他拐进那个帐篷不见了，我和莎莉在几个帐篷之外停住脚步。我们躲在没有月光的暗处，这样就不会被别人看见了。

我听见通讯帐篷里传出菲尔丁博士那雷鸣般的声音，他说话语速很快，情绪很激动。

"他在说什么？"莎莉轻声问。

我听不清他的话。

几秒钟后，两个人影从帐篷里出来。他们拿着明亮的手电筒，穿过那道黄色的月光，迅速钻进了暗处。

菲尔丁博士似乎拉着本舅舅，正往金字塔那边走。

"出什么事了？"莎莉抓住我的袖子，悄声说道，"他是不是在强迫爸爸跟他走？"

风呼呼地吹着我们周围的沙地。我的身子在哆嗦。

那两个人在抢着说话，嗓门很高，并用手电筒打着手势。我明白了，他们在为什么事情争吵。

菲尔丁博士把一只手搭在本舅舅的肩膀上。难道他是推着本舅舅朝金字塔走去？或者，是本舅舅在前面领路？

看不清楚。

"我们走吧。"我小声对莎莉说。

我们从帐篷旁边走出来，开始跟踪他们。我们走得很慢，既不能让他们从视线中消失，同时又得小心不要离得太近。

"如果他们转回身，就会看见我们。"莎莉轻声说，她靠在我身边，我们一起蹑手蹑脚地在沙地上行走。

她说得对。在这空旷的沙地上，没有大树或灌木丛可以躲藏。

"也许他们不会转回身。"我怀着侥幸的心理说。

我们悄悄地靠近。金字塔已经黑糊糊地耸立在我们面前。

我们看见菲尔丁博士和本舅舅在金字塔侧面的入口处停住脚步。我能听见他们激动的说话声，但风把他们的话带走了。他们似乎还在争吵。

本舅舅首先钻进了金字塔。菲尔丁博士紧跟其后，也钻了进去。

"是他把爸爸推进去的吗？"莎莉用尖厉、恐惧的声音说，"看样子是他把爸爸推进去的！"

"我……我不知道。"我结结巴巴地说。

我们慢慢地靠近入口处，然后停住脚步，盯着黑暗中。

　　我知道我们心里想的是同一件事，嘴边挂着同一个问题：

　　我们是不是应该跟踪进去？

18 菲尔丁博士

我和莎莉交换了一下眼神。

黑夜里，金字塔看上去比白天要大得多也黑得多。风呼啸着刮过金字塔壁，似乎在警告我们不得靠近。

我们悄悄躲到工人们留下的一堆石头后面。"我们就在外面等爸爸出来吧。"莎莉建议道。

我没有跟她争论。我们没有手电筒，没有任何亮光。我认为，光靠我们自己，不可能在漆黑的地道里走得很远。

我紧紧靠在那些光滑的石头上，眼睛一眨不眨地盯着金字塔的入口。莎莉抬头望着半圆的月亮，一缕淡淡的浮云掠过月亮的脸庞，我们眼前的地面变得更黑了。

"你说，爸爸不会遇到什么麻烦吧?"莎莉问，"我的意思是，他对我们说过他不信任菲尔丁博士。后来——"

"我相信本舅舅不会有事的，"我对她说，"我的意思是，菲尔丁博士是个科学家，又不是犯罪分子……"

"可是，他为什么在半夜三更逼着爸爸进入金字塔呢？"莎莉尖着嗓子问，"还有，他们刚才在争吵什么？"

我耸了耸肩膀作答。我不记得什么时候看见莎莉这么害怕过。要是在平常，我肯定会感到非常高兴。莎莉总是吹嘘自己胆子多大，什么都不怕——特别是跟我比起来。

可是我不可能感到高兴，这主要是因为我心里的恐惧并不比她少！

看起来两个科学家确实在吵架。看起来菲尔丁博士确实把本舅舅推进了金字塔里。

莎莉双臂交叉抱在运动衫前，眯起眼睛看着入口处。风吹拂着她的头发，把一绺绺散发吹上她的额头，但她没有伸手去把它们撩开。

"有什么事情这么重要呢？"她问道，"为什么必须现在钻进金字塔？你说，会不会有东西被偷了？不是有从开罗来的警察在下面保护现场吗？"

"我看见那四个警察离开了，"我对她说，"就在吃晚饭前，他们钻进那辆小车，开走了。不知道为什么。也许他们被叫回城里去了。"

"我……我简直被搞糊涂了，"莎莉承认道，"而且担心得要命。我不喜欢菲尔丁博士脸上的表情。我不喜欢他那么粗暴，那么气势汹汹地闯进帐篷，把我们吓得半死，连一句招呼都不打。"

"冷静点，莎莉，"我轻声说，"我们耐心等一会儿吧。一切都会好起来的。"

她叹了口气，什么都没说。

我们默默地等待着。我不知道时间过去了多久，感觉像是好几个小时。

遮挡月亮的浮云飘走了。风继续刮过金字塔周围，发出诡异的呜呜声。

"他们在哪儿呢? 他们在里面做什么呢?"莎莉问。

我刚想张嘴回答——突然顿住了，因为我看见金字塔入口处闪过一道亮光。

我一把抓住莎莉的胳膊。"快看!"我轻声说。

光越来越亮。一个人影出现了，迅速从入口处钻了出来。

是菲尔丁博士。

他走进月光里，我看见他脸上的表情非常奇怪。一双小小的黑眼睛睁得大大的，似乎正在眼眶里疯狂地转动。他的眉毛在抽搐，张大的嘴巴也在抽搐。他似乎在拼命地喘气。

菲尔丁博士用双手掸掸身上的灰尘，拔腿离开金字塔。他走起路来踉踉跄跄，两条瘦长的腿迅速地迈着大

步。

"可是——爸爸呢?"莎莉轻声问。

我从石头堆上探出身子,可以清清楚楚地看到金字塔的入口处。没有亮光。没有本舅舅的影子。

"他……他没有出来!"莎莉结结巴巴地说。

没等我做出反应,莎莉就从石头堆后面的藏身处跳了出去——挡住了菲尔丁博士的去路。

"菲尔丁博士,"她大声喊道,"我爸爸在哪儿?"

我也从石头堆里钻出来,追上了莎莉。我看见菲尔丁博士的眼睛疯狂地转动着,他没有回答莎莉的问题。

"我爸爸在哪儿?"莎莉尖着嗓子又问了一遍。

菲尔丁博士就好像没有看见莎莉似的。他从她身边走过,迈着僵硬的、不自然的脚步,两个手臂直直地垂在身体两侧。

"菲尔丁博士——"莎莉冲着他的背影喊道。

菲尔丁博士匆匆穿过黑暗,朝那排帐篷走去。

莎莉转向我,恐惧得五官都绷紧了。"他肯定对爸爸下了毒手!"她喊道,"我知道准是这样!"

19 夜闯金字塔

　　我转脸望着金字塔的入口处，仍然一片漆黑，没有任何动静。

　　唯一的声音，是吹过金字塔石壁的呜呜的风声。

　　"菲尔丁博士根本不理睬我！"莎莉喊道，内心的愤怒都写在脸上，"他大步流星地从我身边走过，就好像我不存在似的！"

　　"我……我知道。"我有气无力地结巴着说。

　　"你看见他脸上的表情了吗？"她问道，"那么恶毒，特别特别的恶毒！"

　　"莎莉，"我说道，"说不定——"

　　"加比，我们必须找到爸爸！"莎莉打断了我的话，她抓住我的胳膊，使劲把我拉向金字塔的入口处，"快点！"

　　"不，莎莉，等等！"我坚决地说，一边从她手里挣脱

出来，"我们不能在漆黑一片的金字塔里乱闯，我们会迷路的。我们永远也不会找到本舅舅！"

"我们回帐篷去拿手电筒，"莎莉回答，"快点，加比——"

我举起一只手阻止了她。"在这儿等着，莎莉，"我对她说，"守候着你爸爸。说不定他几分钟后就会钻出来。我跑回去拿两个手电筒。"

莎莉盯着漆黑的入口处，想跟我争辩，但她随即改变了主意，同意了我的计划。

我的心怦怦狂跳着，一路跑回帐篷。快到帐篷跟前时，我停住脚步，望着那一排帐篷，寻找菲尔丁博士的身影。

没有。

进了帐篷，我抓起两个手电筒，然后转回身，又朝金字塔跑去。"求求你！"我一边跑一边无声地恳求道，"求求你，本舅舅，快从金字塔里出来吧。求求你，一定要安然无恙啊。"

可是，当我在沙地上疯狂地奔跑时，看见莎莉仍是一个人站在那里。即使离得很远，我也能看见她在金字塔入口处紧张地来回踱步，脸上的表情是那么恐惧。

"本舅舅，你在哪儿？"我问自己，"为什么你不从金字塔里出来？你没事儿吧？"

我和莎莉一句话也没说，没有必要。

我们打开手电筒，钻进金字塔的入口。它比我记忆中的要陡峭得多。我在下到地道底部时，差点儿跌倒。

我们的手电光在泥土地上来回扫射。我举起手电筒照向天花板。我让手电光照着高处，领头在弯弯曲曲的地道里穿行。

我慢慢地往前走，一只手摸着墙壁稳住自己的身体。墙壁摸上去软软的，好像一碰就碎。莎莉跟在我后面，她明亮的手电光在我们脚步前的地面上跳跃。

隧道一拐，进入一间空空的小墓室，莎莉突然停住了脚步。"我们怎么知道走的方向对不对呢？"她耳语般地问，声音微微发颤。

我耸了耸肩膀，呼呼地喘着粗气。"我还以为你知道路呢。"我喃喃地说。

"我只是跟爸爸一起下来过。"她回答，她的目光越过我的肩膀，在空空的墓室里搜寻。

"我们就不停地往前走，直到找到他为止。"我对莎莉说，努力使自己的口气听上去勇敢一些。

莎莉走到我前面，用手电光照着墓室的四壁。"爸爸！"她大声喊道，"爸爸！你能听见吗？"

她的声音在隧道里回响，就连那回声里也透着恐惧。

我们一动不动地呆在原地，聆听回音。

一片寂静。

　　"走吧。"我催促道。钻进下一个狭窄隧道时,我不得不低下脑袋。

　　它通向哪里?我们是不是正朝霍鲁王子的墓室走去?我们是不是能在那里找到本舅舅?

　　问题,没完没了的问题。我想阻止它们冒出来。可是我们顺着弯弯曲曲的隧道往前走时,这些问题挤满了我的大脑,不停地纠缠着我,在我的脑海里一遍遍回响。

　　"爸爸?爸爸——你在哪儿?"我们在金字塔里越走越深,越走越深,莎莉的喊声也变得越发惊慌。

　　隧道陡峭地向上延伸,然后又变得平坦。莎莉突然停住脚步。我吃了一惊,重重地撞在她身上,撞得她差点儿把手电筒掉在地上。"对不起。"我轻声说。

　　"加比,你看!"她喊道,用手电筒的亮光指着她运动鞋前面一点儿的地方,"脚印!"

　　我垂下目光,看着那个圆圆的光斑。我看见泥地上有一串鞋印。"是工作靴。"我低声说。

　　莎莉用手电光在地上扫了一圈。泥地上还有几个不同的脚印,都朝着跟我们相同的方向。

　　"这是不是意味着咱们走对了?"莎莉问。

　　"大概是吧,"我研究着那些脚印,回答道,"很难说这些脚印是新的还是旧的。"

　　"爸爸?"莎莉急切地喊道,"你能听见吗?"

没有回答。

她皱起眉头，示意我跟上去。我们看到这么多串脚印，心里燃起了新的希望，走的速度更快了，一边用手扶着墙壁，保持身体的平衡。

当我们俩意识到我们来到了墓穴的外室时，都高兴得喊了起来。我们的手电光扫射着那些覆盖墙壁和门口的古老的象形文字。

"爸爸？爸爸？"莎莉的声音穿透了沉甸甸的寂静。

我们穿过空空的墓室，然后钻进了通向墓穴的入口处。王子的墓穴出现在我们面前，黑黢黢的，一片沉寂。

"爸爸？爸爸？"莎莉又喊道。

我也喊了起来，"本舅舅？你在这儿吗？"

寂静。

我让我的手电光扫过墓穴里的一堆堆财宝，扫过那些沉重的箱子，扫过那些椅子，还有堆在墙角的那些陶罐。

"他不在这儿。"莎莉失望极了，带着哭腔说道。

"那么，菲尔丁博士把本舅舅弄到哪儿去了呢？"我大声把自己的想法说了出来，"在这座金字塔里，他们不可能去别的地方呀。"

莎莉的手电光停在那口硕大的木乃伊石棺上。她眯起眼睛，仔细端详着它。

"本舅舅！"我焦急地喊道，"你在这儿吗？"

　　莎莉一把抓住我的胳膊。"加比——快看！"她喊道。她的手电光停在木乃伊石棺上。

　　我不明白她想让我看什么。"怎么啦？"我问道。

　　"盖子。"莎莉喃喃地说。

　　我盯着棺盖。那块沉重的石板把石棺盖得紧紧的。

　　"盖子关上了。"莎莉继续说道，一边离开我的身边，朝木乃伊石棺走去。她的手电光仍然照着石棺的盖子。

　　"那又怎么样呢？"我还是不明白。

　　"今天下午我们大家离开的时候，"莎莉解释道，"盖子是打开的。而且，我记得爸爸叫工人们今晚让盖子敞开着。"

　　"你说得对！"我喊了起来。

　　"帮帮我，加比，"莎莉恳求道，一边把她的手电筒放在脚边，"我们必须把木乃伊石棺打开。"

　　我迟疑了一秒钟，感到一丝寒意迅速掠过我的全身。然后我深深吸了口气，走过去帮助莎莉。

　　莎莉已经在用双手推动石棺的盖子了。我走到她身边，帮她一起推，用我全身的力气去推。

　　石板一推就滑动了，比我想象的要轻松多了。

　　我和莎莉齐心协力，使劲地推，推，推……

　　推开了大约一英尺。

　　然后我们俩都低下脑袋，朝木乃伊石棺里望去——顿时惊恐得倒吸了一口冷气。

20 木乃伊

"爸爸！"莎莉尖叫起来。

本舅舅正仰面躺在石棺里，膝盖抬起，双手放在身体两侧，眼睛闭得紧紧的。我和莎莉又把沉重的石盖推开了一英尺。

"难道他，难道他……"莎莉结结巴巴地说。

我把手放在本舅舅的胸口。他的心脏一下一下跳得很有力。"他还在呼吸。"我对莎莉说。

我把身体探进木乃伊石棺。"本舅舅？你听见我说话了吗？本舅舅？"

他没有动弹。

我拿起他的一只手，捏了捏。他的手热乎乎的，但软弱无力。"本舅舅？醒醒！"我喊道。

他的眼睛没有睁开。我把他的手放回木乃伊石棺的底

部。"他昏过去了。"我喃喃地说。

莎莉站在我身后，双手捂住自己的面颊。她低头盯着本舅舅，眼睛惊恐地睁得老大。"我，我不能相信！"她用微弱的声音喊道，"菲尔丁博士想把爸爸留在这里闷死！如果我们没有赶来……"她的声音低了下去。

本舅舅发出一声低低的呻吟。

我和莎莉满怀期待地低头望着他，然而他并没有睁开双眼。

"我们必须去叫警察，"我对莎莉说，"我们必须把菲尔丁博士的事告诉他们。"

"可是我们不能把爸爸留在这儿。"莎莉回答。

我刚想说话，但是脑子里突然出现一个可怕的念头。我感到全身掠过一阵寒意。"莎莉！"我说，"如果本舅舅躺在木乃伊石棺里……那么木乃伊哪儿去了呢？"

她吃惊地张大嘴巴，呆呆地瞪着我，惊愕得说不出话来。

接着，我们俩都听见了脚步声。

缓慢的、拖沓的脚步声。

接着，我们看见那个木乃伊僵硬地、踉踉跄跄地走进了墓室！

21 木乃伊复活

我张开嘴巴想喊叫——可是却发不出一点儿声音。

木乃伊僵硬地、一冲一冲地穿过墓室的门。他那双空洞的、涂着焦油的眼睛直视着前方。在层层叠叠的古代焦油下面，那个骷髅朝我们露出了狞笑。

踢踏……踢踏……

他的双脚拖拖拉拉地走在泥土地上，身后拖着破碎腐烂的纱布。慢慢地，他举起双臂，发出一种可怕的咔啦咔啦的声音。

踢踏……踢踏……

我恐惧得喉咙发紧。我的整个身体都开始发抖。

我倒退着离开木乃伊石棺。莎莉一动不动地站着，双手紧紧地捂着面颊。我一把抓住她的胳膊，把她拉到我身边。"莎莉——回来！回来！"我低声说。

她惊恐万状地盯着那个一步步走近的木乃伊，我不知道她有没有听见我的话，我又把她往后拉了拉。

我们的后背撞到了墓室的墙壁。

木乃伊拖着脚步越走越近，越走越近。他用空洞发黑的眼窝瞪着我们，举起两只泛黄的、裹着焦油的手，朝我们抓来。

莎莉发出一声尖厉的喊叫。

"快跑！"我惊叫道，"莎莉——快跑！"

然而，我们后背贴着墙壁，木乃伊挡住了我们出门的路。

这具古代的僵尸拖着脚步，僵硬、笨拙地越走越近。

"都怪我！"我用颤抖的声音大声说道，"是我把那个咒语念了五遍。是我让他复活的！"

"我，我们怎么办呢？"莎莉把声音压得低低地喊道。

我不知道怎么回答。"本舅舅！"我绝望地尖叫道，"本舅舅——救救我们！"

可是木乃伊石棺里静悄悄的，就连我疯狂的叫喊声也没能把本舅舅唤醒。

我和莎莉贴着墓穴的墙壁挪动，眼睛紧紧地盯着越来越近的木乃伊。他缠着绷带的双脚擦过地面，一步一步朝我们逼来，扬起一股股灰暗的尘土。

一股恶臭在墓室里弥漫开来，是一具四千年古尸复活的气味。

我把后背贴在墓室冰冷的石墙上，脑子飞快地旋转着。木乃伊在石棺前停住脚步，僵硬地转了个身，继续朝我们逼近。

"喂!"我脑子里迸出一个主意，大声喊道。

我的小小的木乃伊手——"召唤师"。

我为什么没有早点想到呢? 去年夏天，它把一群古代木乃伊从死亡中唤醒，救了我们的命。

它是不是也能命令他们停止? 它是不是能让他们重新死去?

如果我把小小的木乃伊手举到霍鲁王子面前，能不能让他暂时停住脚步，让我和莎莉有时间逃跑呢?

再有几秒钟，他就要抓住我们了。

值得一试。

我把手伸进牛仔裤的后兜里去掏木乃伊手。

可它却不在了!

22 愤怒的尼拉

"不!"我吃惊地大喊一声,慌忙去掏另外几个口袋。

没有木乃伊手。

"加比,怎么啦?"莎莉问道。

"木乃伊手不见了!"我对她说,声音紧张得都哽咽了。

踢踏……踢踏……

古代木乃伊拖着脚步越逼越近,那股恶臭味儿也越来越强烈。

我不顾一切地想找到我的木乃伊手,可是我知道眼下没有时间考虑它了。"我们必须赶紧逃命,"我对莎莉说,"木乃伊动作缓慢僵硬,只要我们能从他身边冲过去……"

"可是爸爸怎么办?"莎莉喊道,"我们不能就这样把爸爸留在这儿。"

"没有办法，"我对她说，"我们必须去找人帮忙。我们会回来救他的。"

木乃伊一步步地往前走，发出一种咔啦咔啦的脆响，那是古老的骨头折断的声音。

他不断地朝我们逼近，动作僵硬而坚决，两只胳膊伸展着。

"莎莉快跑——快!"我尖叫道。

我使劲推了她一把，让她跑了起来。

我强迫自己拔腿奔跑，墓室里的一切在我眼前变得模糊起来。

木乃伊又发出一声咔啦啦的脆响。就在我们闪身躲避他的时候，他把身子往前一探，伸手来抓我们。

我想猫腰躲过木乃伊伸出的手臂。然而，我感觉到他古老的手指擦过我的脖子后面——那些冰冷的手指，像石雕一样硬邦邦的。

我知道我永远也不会忘记这种感觉。

我的脖子上一阵刺痛。我低下脑袋躲过他的手，拔腿向前冲去。

莎莉一边跑，一边发出低低的啜泣声。我赶紧跑去追她，我的心怦怦狂跳。我强迫自己快跑，可是两条腿却沉重得要命，就好像是沉甸甸的石头做的。

快要跑到门口的时候，我们看见了闪烁的亮光。

我和莎莉都大喊一声，停下了脚步，只见一道亮光射进了墓室。亮光后面，一个人影跨进门来。

我用手挡住这突如其来的亮光，眯起眼睛，努力想看清来人是谁。

"尼拉！"我大喊一声，她把手电筒的亮光射向墓室顶部。"尼拉——快救救我们！"我哽咽地喊道。

"他复活了！"莎莉大声对她说道，"尼拉——他复活了！"她回身指着那个木乃伊。

"救救我们！"我尖叫道。

尼拉的绿眼睛吃惊地睁得老大。"我能怎么办呢？"她问，接着，她的表情突然变得很愤怒，"我能把你们两个孩子怎么办呢？你们根本就不应该来这儿。你们会把一切都毁了的！"

"什么？"我吃惊地大声问道。

尼拉三步并作两步走进墓室，举起了她的右手。

在昏暗的光线下，我努力看清她手里拿的是什么。

我的木乃伊小手。

尼拉把它举到木乃伊面前。"过来吧，弟弟！"尼拉喊道。

23 尼拉公主

"你是怎么拿到我的木乃伊小手的？你在干什么？"我问道。

尼拉不理睬我的问话，她一只手拿着手电筒，另一只手抓着木乃伊小手，把它举在一步步逼近的木乃伊面前。

"上这儿来，弟弟！"她挥舞着小手，召唤着那个木乃伊，"是我，尼拉公主！"

木乃伊顺从地拖着脚步往前走，双腿咔咔作响，裹在纱布里的松脆的骨头在一根根折断。

"尼拉住手！你要干什么？"莎莉尖叫道。

可是尼拉仍然不理睬我们。"是我，你的姐姐！"她对木乃伊喊道。她漂亮的脸上掠过一丝得意的微笑，在手电光的照耀下，一双绿眼睛像绿宝石一样闪闪发亮。

"我等待这一天已经等得太久太久了。"尼拉对木乃伊

说，"我等了这么多个世纪，我的弟弟，希望有朝一日，有人会打开你的墓穴，我们就能团圆了。"

尼拉的脸上闪着兴奋的光芒。小小的木乃伊手在她手里微微发抖。"我让你复活了，我的弟弟!"她大声对木乃伊说，"我已经等了许多个世纪，但是我没有白等。你和我将分享所有这些财宝。我们拥有如此强大的力量，可以共同统治埃及——就像四千年前一样!"

她垂下眼睛望着我。"谢谢你，加比!"她大声说道，"谢谢这个'召唤师'! 我一看见它，就知道我必须得到它。我知道它会让我弟弟重新回到我身边! 光靠古代咒语是不够的，同时还需要'召唤师'!"

"把它还给我!"我喊道，一边伸手去抢木乃伊手，"它是我的，尼拉。把它还给我。"

她喉咙里发出一阵冷酷的笑声。"你不会需要它了，加比。"她轻声地说。

她朝木乃伊挥了挥手。"我的弟弟，弄死他们!"她命令道，"立刻弄死他们! 不能留下一个活口!"

"不!"莎莉尖叫道。她和我不约而同地向门口冲去。可是尼拉反应很快，立刻挡住了我们的去路。

我用肩膀撞她，想像橄榄球场上的前锋那样把她撞到一边。可是尼拉力量惊人，居然纹丝未动。

"尼拉，放我们出去!"莎莉气喘吁吁地喊道。

106

尼拉微笑着摇了摇头。"不能留下活口。"她喃喃地说。

"尼拉，我们只想把爸爸从这里弄出去。你可以爱干什么就干什么！"莎莉焦急地强调说。

尼拉不理睬莎莉，抬起眼睛望着木乃伊。"把他们俩都干掉！"她喊道，"他们不能活着离开这个墓穴！"

我和莎莉猛地转过身来，看见木乃伊正笨拙地朝我们走来。在昏暗的光线里，他焦黑的骷髅微微发亮。他拖着脚步逼近，在泥土地上留下一条条泛黄的布带。

越来越近。

我转身朝门口看去，尼拉挡在那里。我的眼睛不顾一切地扫视着整个墓室。

无路可逃。

无路可逃。

木乃伊正朝我和莎莉扑来。

他伸出冰冷的双手，要执行尼拉残酷的命令。

24 圣甲虫

我和莎莉朝门口冲去，可是尼拉挡住了我们的去路。

木乃伊急忙朝我们冲来，空洞的眼睛呆滞地瞪着我们，他的下巴凝固成一个骷髅特有的可怕的狞笑。

他僵硬地举起双臂。

伸出他的双手。

他狠命地朝我们扑了过来。

可他却越过我和莎莉——用他布满焦油的双手掐住了尼拉的脖子！这令我惊愕不已。

尼拉张开嘴巴，挣扎着发出窒息的抗议。

木乃伊仰着脑袋，死死地抓住她。他布满焦油的嘴在嚅动，一声干涩的咳嗽划破了空气。接着，木乃伊的喉咙里发出了耳语般的说话声，像死亡本身一样毫无生气：

"让我……安息！"

尼拉发出一声几乎窒息的喊叫。

木乃伊凶狠地死死掐住她的脖子。

我转过身，一把抓住他的胳膊。"放开她！"我喊道。

焦黑的骷髅发出干巴巴的喘息声。他用双手紧紧掐住尼拉，把她压得直往后仰，眼看就要摔倒在地。

尼拉绝望地闭上了眼睛，她的双手无助地挥舞着。手电筒和木乃伊手都落在地上。

我抓起我的木乃伊小手，塞进牛仔裤口袋。"放开！放开！放开！"我尖叫道。我扑到木乃伊背上，拼命想把他的双手从尼拉的脖子上扯开。

木乃伊发出一声气恼的咆哮，接着又是一阵低哑的怒吼。

然后，他直起身子，想把我从他的肩头甩出去。

我惊愕地抽了口冷气，没想到木乃伊有这样惊人的力量。

我从木乃伊裹着纱布的后背上滑下来，赶紧伸出手，绝望地想抓住点什么，不让自己摔下去。

我一把抓住了尼拉的琥珀挂件。

"哎呀——"木乃伊使劲一甩，我失声大喊。

我摔倒了。

挂件从链子上断落，从我手里掉出去，摔在地上——变成了碎片。

"不——"尼拉恐怖的惨叫声，震得四壁都在发颤。

木乃伊呆住了。

尼拉猛地挣脱木乃伊的双手，她连连后退，眼睛惊恐地睁得溜圆。"我的生命！我的生命！"她尖叫道。

她弯下腰，挣扎着想捡起散落在地板上的琥珀残片。可是挂件已经摔成了无数个小碎片。

"我的生命！"尼拉惨叫道，盯着手心里那些光滑的碎片，她随即抬起头看着我和莎莉，"我活在那个挂件里！"她喊道，"夜里，我偷偷地溜进去。它让我活了四千多年！可是现在……现在……哦，哦……"

尼拉的声音低了下去，她的身体开始收缩。

她的脑袋，她的手臂，她的整个身体变得越来越小……越来越小……最后她完全消失在了她的衣服里。

几秒钟后，就在我和莎莉惊恐的目光下，一只黑色的圣甲虫从运动衫和牛仔裤下面爬了出来。一开始，圣甲虫的动作迟疑不定。接着它迅速爬过泥土地面，在黑暗中消失了。

"那个……那个甲虫……"莎莉结结巴巴地说，"就是尼拉？"

我点了点头。"我想是吧。"我低头望着尼拉皱巴巴的衣服，说道。

"你说，她真的是古埃及的一位公主吗？真的是霍鲁王子的姐姐吗?"莎莉喃喃地问。

"这一切都太古怪了。"我回答道。我在拼命地思索,想理清头绪,弄明白尼拉说的话是什么意思。

"她肯定每天夜里都变回圣甲虫的形状,"我对莎莉大声说出我的想法,"她钻进那块琥珀,在里面睡觉。琥珀使她一直活着,直到……"

"直到你摔碎了琥珀挂件。"莎莉小声说。

"是的,"我点了点头,"这是一个古代的——"我的话没说完。

因为我感到一只冰冷的手抓住了我的肩膀。

我知道是木乃伊从后面抓住了我。

25 新的脚步声

那只手放在我的肩膀上，那股寒意渗透了我的T恤衫。"放开！"我喊道。

我转过身——我的心差点儿停止了跳动。"本舅舅！"我大喊一声。

"爸爸！"莎莉扑上前去，一把搂住了他，"爸爸——你没事啊！"

本舅舅把手从我肩膀上拿开，揉了揉自己的后脑勺。他神情恍惚地眨了眨眼睛，摇了摇头，仍然感到有点儿迷糊。

在他身后，那个木乃伊弯腰驼背地站着，一动不动，又像以前一样毫无生气了。

"哎哟！我还是有点头昏脑涨，"本舅舅说着，用一只手梳理着浓密的黑头发，"真是死里逃生啊。"

"都怪我，"我坦白地说，"是我把咒语念了五遍，本舅舅。我不是故意让木乃伊复活的，可是——"

舅舅脸上掠过一丝笑容。他停止挠头，用手搂住我的肩膀。"不是你干的，加比，"他轻声说，"是尼拉捷足先登了。"

他叹了口气。"我原来不相信咒语的力量，"他轻声说，"但现在我相信了。尼拉偷去了你的木乃伊手，并念了那个古咒语。她用'召唤师'让木乃伊复活了。菲尔丁博士和我都对她产生了怀疑。"

"你们俩?"我吃惊地喊道，"我还以为——"

"我是吃晚饭的时候开始怀疑尼拉的，"本舅舅解释道，"还记得吗？她问我让死者复活的那六个古词是什么。我从来没有透露过有六个词，所以我就纳闷尼拉是怎么知道有六个词的。"

本舅舅也用胳膊搂住了莎莉的肩膀，然后领着我们走到墙边。他背靠着墙，用手揉着后脑勺。

"所以，我一吃过晚饭，就匆匆赶到通讯帐篷，"本舅舅继续说道，"我给开罗的《太阳报》打了电话，他们说从不知道报社有尼拉这个人，于是我就知道她是个骗子。"

"可是我们看见菲尔丁博士把你从帐篷里拖了出来，"莎莉插嘴说道，"我们看见他强迫你钻进金字塔，然后——"

113

本舅舅轻声笑了。"你们俩这间谍当得可不怎么样，"他责怪道，"菲尔丁博士并没有强迫我做什么事。他发现尼拉偷偷溜进了金字塔，于是急忙到通讯帐篷找我。然后我们俩就匆匆赶到金字塔，看尼拉想搞什么名堂。"

"我们来得太晚了，"本舅舅继续说道，"她已经让木乃伊复活了。我和菲尔丁博士想阻止她，但她用手电筒砸了我的脑袋。我想是她把我拖到了木乃伊石棺那儿，肯定也是她把我塞进去的。"

本舅舅揉着后脑勺："我就记得这么多。直到现在，直到我醒过来，看见尼拉变成了一只圣甲虫。"

"我们看见菲尔丁博士匆匆地从金字塔里出来，"莎莉汇报说，"他径直从我身边走过，脸上的表情古怪极了，而且——"

她一下子顿住了话头，嘴巴吃惊地张得老大。我们同时听见了声音。

有人在墓室外面拖着脚步走动的声音。

我的心跳到了嗓子眼里。我一把抓住本舅舅的胳膊。

脚步声越来越近。

又是木乃伊。

又是一些复活的木乃伊，踉踉跄跄地朝王子的墓室走来。

26 "哎哟!"

我把手伸进牛仔裤口袋里去掏我的木乃伊小手。我背靠墙壁,抬头望着墓室门口——等待着。

等待着那些木乃伊出现。

结果我吃惊地发现,菲尔丁博士冲进了墓室,后面跟着四个穿黑色制服的警察,他们的手都放在枪套上。

"本——你没事吧?"菲尔丁博士大声问我舅舅,"那个年轻女人哪儿去了?"

"她……逃跑了。"本舅舅对他说。

他怎么解释尼拉变成了一只虫子呢?

警察警惕地搜查了墓室。他们的目光落在那个僵立在门边的木乃伊身上。

"我真高兴你安然无恙,本。"菲尔丁博士说着,亲热地把一只手搭在本舅舅的肩膀上,然后他转向莎莉,"恐

怕我需要向你道歉，莎莉，"他皱起眉头说道，"我从这里跑出去的时候，一定是受了惊吓。我记得在金字塔外面看见了你，但我不记得跟你说过什么。"

"没关系的。"莎莉轻声答道。

"如果我把你吓着了，我深表歉意，"菲尔丁博士对她说，"你爸爸被那个疯狂的年轻女子打昏了过去。我满脑子想的就是尽快把警察叫来。"

"是啊，惊心动魄的一幕过去了，"本舅舅微笑着说，"我们都离开这里吧。"

我们朝门口走去，但是一个警察插了进来。"我可以问一个问题吗？"他盯着站在墓室中央的木乃伊问道，"那个木乃伊会走路吗？"

"当然不会！"本舅舅立刻答道，脸上绽开了笑容，"如果他会走路，他还待在这个肮脏的地方做什么呢？"

是啊，我又一次成了当天的英雄。不用说，后来在帐篷里，我立刻就跟莎莉吹嘘起自己的勇敢无畏来。

莎莉没有别的选择，只能坐在那里乖乖地听着。毕竟是我阻止了木乃伊，是我打碎了尼拉的挂件，把她变回了一只圣甲虫。

"至少你还不算太骄傲！"莎莉翻了翻眼珠，没好气地说。

没风度，真没风度。

"知道吗，那只圣甲虫爬走了，消失了。"她说，莎莉的嘴唇上掠过一丝坏笑，"我猜那虫子肯定正等着你呢，加比。我猜它肯定在你的小床上等着你，等着咬你呢。"

我笑了起来："莎莉，你千方百计想说些话来吓唬我。你就受不了我当英雄！"

"你说得对，"她干巴巴地回答道，"我确实受不了。晚安，加比。"

几分钟后，我穿着睡衣，准备上床睡觉。多么奇妙的一个夜晚！多么惊心动魄的一个夜晚！

我刚爬到床上，盖好被子，就意识到这个夜晚是我一辈子也无法忘记的。

"哎哟！"

海绵怪物

1 超级房子

在我和弟弟发现水池下面那个奇怪的小动物之前，我们是一个普普通通的幸福家庭。实际上，我必须承认我们的运气还是蛮不错的。

可是，当我们把那个怪物从它阴暗的藏身之处掏出来后，我们的命运就迅速改变了。

这个悲惨的、令人恐惧的故事，是从我们搬家那天开始的。

"孩子们，我们到了。"爸爸开心地按着喇叭，把车子拐进枫叶街，停在我们家的新房子前面，"准备好来一次大搬家了吗，凯迪·卡特？"

只有我爸爸能叫我凯迪·卡特而不受惩罚。我的真名是卡特利娜·默顿（恶心），但只有老师才叫我卡特利娜。对于其他人来说，我就是卡特。

121

"那还用说，爸爸！"我大声嚷道，从客货两用轿车上跳了下来。

"汪！汪！"我们家的小鬣狗"杀手"大叫着表示赞同，跟着我下车来到人行道上。

给小狗起名的，是我的那个傻弟弟丹尼尔。多么可笑的名字。杀手对什么都害怕，它唯一能杀的就是那只橡皮球！

我和丹尼尔已经好多次骑车经过这幢新房子了。它离我们原来位于梅因东街的老房子只隔三个街区。

但是我仍然不能相信我们真的要住在这里。我的意思是，我以前总觉得我们的旧房子已经够宽敞的了，而这座新房子简直大得令人惊叹！

它有三层楼，孤零零地伫立在一座小山坡上，有奶黄色的百叶窗和至少十二扇窗户。房子周围有一圈宽阔的门廊。前院足有一个足球场那么大。

这不是一座房子 —— 是一栋豪宅啊！

对，确实是一栋豪宅。大极了，但并不花哨。用妈妈的话来说，是"一座舒服的旧鞋子般的房子"。

实际上，它现在看上去已经显得有些破旧，不那么体面了。几扇百叶窗歪歪斜斜地挂在那里，草坪也需要修剪了，整座房子似乎都蒙着一层寸把厚的尘土。

可是就像妈妈说的："没关系，只要好好擦洗擦洗，刷一遍油漆，再用锤子敲打几下，就焕然一新了。"

爸爸、妈妈和丹尼尔也从车里下来了，我们都站在那里，兴奋地望着这座房子。今天，我终于可以看到房子内部了！

妈妈指着二楼。"看见那个大阳台了吗？"她问，"那是我和你爸爸的卧室。隔壁那间就是丹尼尔的。"

她轻轻捏了捏我的手。"那个小阳台——就在你的房间外面，卡特。"她笑眯眯地说。

我自己的私人阳台！我探过身，使劲搂抱了妈妈一下。"我已经爱上它了。"我贴着她的耳朵小声说。

不用说，丹尼尔立刻开始大呼小叫。他十岁，但大多数时候的表现就像个两岁的小娃娃。

"凭什么卡特的房间有个阳台而我的房间没有？"他抱怨道，"这不公平！我也要阳台！"

"你算了吧，丹尼尔。"我小声说，"妈妈，叫他安静点。我比他大两岁，就不能多得到一点东西吗？"

差不多大两岁吧。再过四天，就到我的生日了。

"安静，孩子们。"妈妈吩咐道，"丹尼尔，你没有阳台，但你也有一件很妙的东西—— 一张双层床。这样，如果你愿意的话，卡洛也可以在这里过夜。"

"太棒了！"丹尼尔喊道。卡洛是丹尼尔最好的朋友。他们总是形影不离，而且总是给我添麻烦。

丹尼尔大部分时候还是挺好的。但他总喜欢自以为是。爸爸管他叫"万事通先生"。

有时候，爸爸还管丹尼尔叫"龙卷风"，因为丹尼尔像旋风一样跑来跑去，弄得到处乱七八糟。

我更像我爸爸——安静，沉着。对，一般都很沉着。我们俩喜欢的食物也一样——意大利卤面、特别酸的蒜味泡菜，还有带摩卡咖啡的冰激凌。

我长得也像我爸爸，瘦瘦高高，满脸雀斑，头发红红的。我一般都把头发扎成马尾辫。而爸爸的头发不多，不用过多操心。

丹尼尔长得像我妈妈。一头浅褐色的直发，总是耷拉到他的眼睛上，身材用妈妈的话说是"结实"（也就是说，他是个小胖墩儿）。

今天，丹尼尔无疑是处于"龙卷风"的情绪中。他跑到宽阔的绿色草坪上，开始绕着圈子旋转。"真大啊!"他喊道，"真是巨大啊! 这是一座……一座……一座超级房子!"

他跟跟跄跄地摔倒在草地上。"这是一个超级院子! 喂，卡特，快看我——我是超级丹尼尔!"

"你是超级大傻瓜!"我对他说，一边用两只手把他的头发揉乱。

"去，住手!"丹尼尔嚷道，他掏出他的超级滋水枪，朝我T恤衫的前襟上一阵喷射，"你被捕了，"他宣布道，"你是我的俘虏！"

"不见得吧。"我回答，一把抓住滋水枪的管子，"把枪给我！"我命令道，我更加用力地拉着，"放手！"

"好吧！"丹尼尔一脸坏笑。他猛地一松手，我猝不及防，踉跄着后退，摔倒在人行道上。

"真是个傻瓜！"丹尼尔讥笑道。

我知道怎么抓住他。我飞快地奔上门廊台阶。"喂，丹尼尔，"我喊道，"我要第一个进入新家！"

"你休想！"他大喊一声，跌跌撞撞地从草坪上爬了起来，他扑到台阶上，抓住我的脚脖子，"我第一个！我第一个！"

就在这时，爸爸从车道上走了过来，怀里抱着一个塞得满满的纸箱子，箱子的侧面写着"厨房"两个字。两个搬家公司的工人跟在后面，正搬着我们家的那张蓝色大沙发。

"嘿，别再胡闹了！我和妈妈今天特别需要你们帮忙，所以才让你们今天不去学校。"爸爸大声说，"丹尼尔，带杀手出去遛遛——要保证它有吃有喝。卡特，你要看好丹尼尔。"

"还有，卡特，把厨房的柜子里面擦干净，好吗?"爸爸又说道，"妈妈想把锅碗瓢盆什么的放进去。"

"没问题，爸爸。"我回答。我看见丹尼尔正在草坪上的一只箱子里乱翻，那箱子上写着"卡片和漫画书"。

"喂，小狗在哪儿？"我大声问他。

他耸了耸肩。

"丹尼尔，"我皱起了眉头，"我到处找不到杀手，它跑哪儿去了？"

他扔下一沓棒球卡片。"好吧，好吧，我去找它。"他嘟囔道，站起身来，朝车道走去，一边叫着小狗的名字。

他刚绕过房子拐角，我就匆匆走到那只写着"卡片和漫画书"的箱子跟前，在里面查找起来。果然不出所料，这小坏蛋偷了我的几本漫画书。

我把漫画书夹在胳肢窝下，走进厨房去擦洗柜子。我只看了一眼，心里便叫苦不迭。

光线明亮的大厨房里，所有的地方都挤满了柜子！我叹着气，从写着"清洁用品"的箱子里抽出纸巾和一瓶洗涤剂，开始擦了起来。

喷一喷，擦一擦。喷一喷，擦一擦。

好几个小时也干不完呀！

擦完一个柜子，我退后几步，欣赏我的劳动成果。然后我在水池下的橱柜前面蹲了下来，正准备……

可是，一种什么声音—— 一种吱吱的声音，就好像脚踩在破旧木楼梯上的声音——使我停住了。

这是什么？我纳闷道，心跳加速了。

我慢慢打开柜子，朝里面望去。

再打开一点。再打开一点。

我又听到了那个声音。

我的心已经跳得像打鼓一样了。

我又把柜子打开一寸。

突然，它抓住了我。

一只毛茸茸的黑爪子。

它紧紧地抓住我不放。

我大声尖叫起来。

2　一块海绵

　　"丹尼尔！你吓死我了！"我一边嚷一边使劲捶着他的后背。

　　我弟弟笑得要命，扯下那个愚蠢的老鼠面具，这是他一定要坚持带过来的。"你真应该看看你自己的脸！"他喊道，"你知道吗？我要开始管你叫'怕怕卡特'了！"

　　"哈哈，太滑稽了。"我翻了翻眼珠回答。我有没有说过，丹尼尔总以为自己是恶作剧大王？

　　我突然想起我弟弟这会儿应该做什么。"爸爸叫你去找杀手。杀手呢？"

　　"我用不着找它，"丹尼尔笑嘻嘻地说，"它从来没丢过。"

　　"什么意思？"我问。

　　"我把杀手塞在地下室了，"他得意地说，"趁你在门廊上到处乱逛的时候，我从边门跑进来，藏在了水池下面。"

"你可真是一只大老鼠！"我嚷道。

我听见地板的油地毡上传来一种奇怪的啪嗒啪嗒的声音。"这是什么声音？"我问道。

丹尼尔吃惊地张大嘴巴。"哦，糟了，这是一只真的老鼠！"他尖叫起来，"卡特，当心！快闪开！"

我来不及细想，一下跳到厨房的一把椅子上，就在这时……杀手跑进了厨房。

丹尼尔发出一阵刺耳的狂笑。"两次钻进同一个圈套！"他为自己的恶作剧得意得要命。

我朝弟弟扑去，准备挠他的痒痒。"你就作好笑死的准备吧！"我喊道。

"停！停！不！"他喘着气说，"卡特，求求你。住手吧，求求你。我……受……不……了……啦！"

"还干不干？"我问。

丹尼尔点点头。"再也不了。"他笑得呼哧带喘地说。

"好吧，"我宽宏大量地说，"你现在可以起来了。"

"谢谢！"他说，"咦，杀手在那儿做什么呢？"

"你休想，我再也不会上你的当了。"我大声说。

可是我回头一看，小鬣狗似乎确实对我刚才打开的那个水池柜子里的什么东西很感兴趣。

它把那东西扯出来，使劲嗅着。又用鼻子去拱，然后扬起脑袋发出一声嗥叫。

真怪，我想，杀手是从来不嗥叫的。

"你在那儿做什么呢，小子？"我大声问它。

小狗连头也不抬。

嗅，嗅，嗅……嗥叫。

我探过身去想看得更清楚些。

"那是什么，卡特？"丹尼尔问道。

"没什么大不了的，"我口气随意地回答，"大概是一块旧海绵吧。"

嗅，嗅，嗅……嗥叫。

那东西看上去再普通不过了——小小的、圆圆的、浅褐色，比鸡蛋稍微大一点点。

可是这块海绵却弄得杀手这样兴奋和紧张。杀手围着它跑来跑去，又是狂吠，又是嗥叫。

我从杀手那里抢过海绵，想仔细端详一下，可是那可爱的小狗竟然想来咬我！

"杀手！"我喊了起来，"小坏蛋！"

它退缩到墙角。然后，它尴尬地嗥叫一声，闷闷不乐地把脑袋搁在两只爪子上。

我把那块海绵举到面前，想认真地看个仔细。

哇！慢着！

　　我突然明白了杀手的奇怪行为。

　　"丹尼尔——你快来看!"我喊道，"哇! 我真不敢相信!"

3 杀手的嗥叫

"什么？怎么回事，卡特？"丹尼尔大声问。

我惊愕地瞪着那块小海绵。

"也许我的眼睛出现了错觉，"我嘟囔道，"这简直太古怪了！"

"快说呀，卡特，"丹尼尔追问道，"到底怎么回事？"

我又仔细地端详了一下海绵。"哇！"我倒吸了一口冷气。我的眼睛没有看错。

圆圆的海绵正在我手里活动着，轻轻地、慢慢地，以懒洋洋的节奏一鼓一瘪、一鼓一瘪。

就好像在呼吸！

然而海绵是不会呼吸的，不是吗？

可这块海绵真的在呼吸！

我甚至能听到它微弱的呼吸声：呼——嗬，呼——

嘀。

"丹尼尔！我认为这不是一块普通的海绵，"我结结巴巴地说，"我认为它是活的！"我把它扔回到水池柜子里。我承认，我感到有点儿害怕。

我弟弟双手叉腰。"这个玩笑开得不怎么样。"他笑嘻嘻地说。

"可是，丹尼尔——"我还想说话。

"你糊弄不了我，卡特。这是一块旧海绵，"他嬉皮笑脸地一口咬定，"一块脏兮兮的旧海绵，大概在这里待了一百年了。"

"好吧，信不信由你！"我大声说，"当我因为发现这玩意儿而出名的时候，我可不会告诉他们你是我弟弟。"

妈妈走了过来，怀里抱着一堆冬天的外衣。我知道她会相信我的。

"妈妈！"我喊道，"那块海绵，它是活的！"

"很好，亲爱的，"妈妈喃喃地说，"还剩最后几件东西就要搬完了。对了，我把那一箱餐具搁哪儿了？"

妈妈就好像根本没有听见我的话！"妈妈，"我又说道，这次声音更大了，"那块海绵，在水池下面！它在呼吸！"

妈妈没有理我，她穿过厨房，出了纱门，到后院去了。

没有人关心我的惊人发现。

除了杀手。它倒似乎特别感兴趣。

也许感兴趣过了头。

现在，杀手低下头，把脑袋伸进柜子，盯着那块海绵看了很久——然后嗥叫，那声音仿佛从喉咙深处发出来的。

呜——呜——

它为什么又嗥叫呢？

杀手用它湿漉漉的鼻子去碰海绵。它把海绵推来推去，嗅了又嗅。它抬头望了我一会儿，那张狗脸上一副迷惑不解的表情。

呜——呜——

杀手张开嘴巴，用牙齿叼住了海绵。

"喂，那不是好吃的！"我喊了起来，一把抓住杀手的项圈，把它从水池下面拖了出来，"这可能是个非常重要的发现。"

我转向弟弟。

"看见了吗，丹尼尔？杀手知道海绵是活的。"我说，"真的，这不是开玩笑。你过来看看——你肯定会看到它在呼吸。"

丹尼尔笑了几声，好像不相信我的话。但他还是把脑袋探进了柜子。

"嘿，哇！你恐怕是对的呢。"他承认道，他把脑袋抬起来望着我，"我认为它是活的！我还认为……它是我的！"

说着，他就钻到水池底下去抓那块海绵。

"你休想！"我抗议道，我一把抓住他T恤衫的领子，把他揪了出来，"是我先看见的。这块海绵是属于我的！"

他抖动身体甩开了我，又钻到下面去了。"谁拿到了归谁！"他喊道。

我又去抓他。

可还没等我碰到他，丹尼尔就发出了一声令人毛骨悚然的痛苦的惨叫！

4 梯子上的爸爸

"啊啊啊——"

恐怕隔着几个街区都能听见丹尼尔的惨叫。

这引起了妈妈的注意。她从后院跑进来，纱门砰的一声响。

"怎么啦，怎么啦？是谁在叫？出什么事了？怎么回事？"妈妈忙不迭地问。

丹尼尔从水池底下退出来，用手捂着脑袋。他抬头眯起眼睛看着我们。"我的脑袋撞在水池上了，"他哀叫着说，"是卡特推我的!"

妈妈蹲下身子，用胳膊搂住丹尼尔。"你这可怜的小家伙。"她安慰道，轻轻抚摸着丹尼尔的脑袋。

"我没有推他，"我大声说，"我碰都没有碰到他。"

丹尼尔哼哼着，用手揉着脑袋一侧。"真疼啊，"他呻吟道，"这里可能要起一个大鼓包。"

他气呼呼地瞪着我："你是故意的！反正这不是你的海绵。它在这家里，属于我们大家！"

"这就是我的海绵！"我不依不饶地说，"你是怎么回事，丹尼尔？你为什么总要抢属于我的东西？"

"够了！"妈妈不耐烦地嚷道，"我真不敢相信，你们居然为了一块无聊的海绵吵架！"

妈妈转向我。"卡特，你应该照看弟弟，是不是？"她问道，"还有，丹尼尔，不许拿不属于你的东西。"

她要转身离开时又说："不许再说那块破海绵了！不然你们俩都会后悔的！"

妈妈刚出门，丹尼尔就朝我伸出舌头，做了个斗鸡眼。"谢谢你给我惹了麻烦。"他嘟囔道。

他气冲冲地走了，杀手跟在他后面。

厨房里只剩下我一个人，我弯下身，把手伸进水池底下，捡起了那块海绵。

"每个人都在这里大吵大嚷，"我轻声对它说，"你惹的麻烦可不小——是不是？"

我觉得跟一块海绵说话似乎有点傻。

可是它摸上去并不像一块海绵，一点儿也不像。

它热乎乎的，我吃惊地想。温热而潮湿。

"你是活的吗？"我问那个皱巴巴的小圆球。

我把手轻轻地团起来——最古怪的事情发生了，海绵竟然在我手里动了起来。

哦，不是真的在动。

像脉搏在跳动——缓慢，温和。

突——突。突——突。

就像我们在科学课上用的那种塑料心脏模型。

我真的感觉到心跳了吗？

我好奇地打量着这个东西。我用指尖掠过它身上的皱纹，撩开那些海绵状的、湿漉漉的褶皱。

"哇！"我吃惊地喊了起来。两只水汪汪的黑眼睛正瞪着我！

我打了个寒战。"呸！"

你根本就不是海绵，我想，海绵是没有眼睛的，不是吗？你到底是什么？

我需要答案。越快越好。但是我能跟谁去说呢？

妈妈不行。她不想再听到关于海绵的事。

"爸爸！爸爸！"我大声喊道，冲过客厅和餐厅，"你在哪儿？"

"嗯嗯，"他大声说，"嗯嗯。"

"什么？"我喊叫着在房子里奔跑，"噢，你在这儿。"

爸爸在前厅里，站在一架梯子顶上。他一只手里拿着锤子，另一只手里拿着一大卷黑色的电工胶带。

他嘴里还含着一些钉子。"嗯嗯。"他支吾道。

"爸爸，你想说什么?"我问。

他把钉子吐了出来。

"对不起，"爸爸含混地说，"我必须把厅里的灯弄亮。这些该死的旧电线。"

他低头看着地上的一堆工具。"卡特，把那把钳子递给我。如果这也不管用，我就要叫一个电工来了。"

爸爸在侍弄花草方面是一把好手，可是碰到修修补补的事情，他总是搞得一团糟，确实如此。

一次，他试着修一台电扇——结果弄得整个街区都断了电。

"给，爸爸。"我把钳子递给他，然后举起海绵。

"你看看这个。"我踮起脚尖，让他把海绵看得清楚一些，"我在水池底下找到的。它热乎乎的，有眼睛，是活的。我不知道它是什么东西。"

爸爸从棒球帽下面张望着。"我们仔细看看吧。"他说。

我把海绵高高举起，让他够着。

他探下身来抓我手里的海绵。

我没有看见梯子在摇晃。

我只看见爸爸的表情变了。我看见他突然睁大了双眼，张开嘴巴，发出惊愕的尖叫。

139

梯子突然倾斜，慌乱中，他抓住了天花板上的吊灯。

"不——"

吊灯哗啦啦砸在他的脑袋上。

爸爸从梯子顶上摔了下来。

他躺在门厅的地板上，一动不动。

"妈妈！妈妈！妈妈！"我尖叫道，"快来！爸爸他……"

5 卡 洛

我和妈妈、丹尼尔围在爸爸身边。只见他的眼皮抖动着睁开了，他眨巴了几下眼睛。

"咦?"他喃喃地说，"怎么回事?"

爸爸摇了摇脑袋，用胳膊肘撑着坐了起来。"我想我没事儿，伙计们。"他用颤抖的声音说。

爸爸想站起来，但身子一歪，又倒在地上。"我的脚脖子，我想可能是摔断了。"他痛苦地呻吟着。

我和妈妈一边一个扶着爸爸躺到长沙发上。"哎哟，疼得真厉害。"他哼哼着说，轻轻地揉着脚脖子。

"丹尼尔，去拿一条毛巾给你爸爸包点冰块。"妈妈吩咐道，"卡特，去给他拿点冰水来。"

"亲爱的，"妈妈擦着爸爸的脑门儿轻声说道，"跟我说说是怎么回事。"

　　我端着一玻璃杯冰水跑进客厅时，爸爸妈妈脸上的表情特别古怪。

　　"卡特，"妈妈生气地说，"你推爸爸了吗？"

　　"你为什么要推梯子？"爸爸揉着脚脖子问。

　　"什么？你们说什么？"我结结巴巴地说，"我没有推你！我不会推你的！"

　　"这件事我们待会儿再谈，小姐，"妈妈严厉地说，"现在，我要照顾你爸爸。"

　　她俯下身，把冰袋放在爸爸红肿的脚脖子上。

　　我觉得脸上开始发烧，心里尴尬极了。爸爸怎么会认为是我推他呢？

　　我垂下眼睛，发现手里还拿着那块海绵。

　　接着，我又发现了一件事情。一件奇怪而可怕的事情。

　　海绵不再轻轻地悸动，而是在我手里突突跳动——疯狂地跳动。

　　砰——砰！砰——砰！砰——砰！

　　有节奏地跳动——就好像有人把一只搅拌器调到了高速。海绵竟然发出了兴奋的叫声。

　　哇——哈！哇——哈！

　　我一下子跌坐在客厅的地板上，觉得浑身发抖。

　　这究竟是怎么回事？我纳闷地想。丹尼尔说我推了他，接着爸爸也说了同样的话。

他们都以为是我推了他们。为什么？

砰——砰！砰——砰！砰——砰！海绵热乎乎地在我手里跳动着。

我恐惧地打了个寒战。突然，我觉得这海绵看上去有点可怕。我不愿意让这东西靠近我和我的家人。

我跑到外面，在车库旁边发现一只很大的金属垃圾箱。我掀开盖子，把海绵扔了进去，然后把盖子紧紧地盖上了。

回到家里，妈妈把我叫进了客厅。"我认为你爸爸的脚脖子只是扭伤了。"她说，"好了，跟我说说是怎么回事吧。"

星期四，我坐在书桌前，写下参加我生日聚会的客人的名单。再过两天就是我的生日了。

我必须在今天就把名单交给妈妈，这样她到星期六的时候就能购买足够的小礼物分发给大家。

我听见丹尼尔在跟卡洛唠唠叨叨地说个不停，两个男孩笨手笨脚地走上楼梯，发出很响的声音。

"仔细看看——它看上去像一块旧海绵，但它是活的！"丹尼尔解释道，"我猜它是一种史前动物，就像恐龙什么的。"

　　我一跃而起，从我的房间里冲了出去。

　　"喂!"我朝丹尼尔嚷道，"你拿那玩意儿做什么?"我指着他捧在双手里的海绵，"我把它扔掉了。"

　　"我在垃圾箱里找到的，"丹尼尔回答，"它太酷了，不能扔掉。对吧，卡洛?"

　　卡洛耸了耸肩，他乱糟糟的黑头发垂到了双肩。"看上去就像一块旧海绵，有什么大不了的?"

　　"哦，不!"我厉声反驳道，"这东西绝对不是一块海绵!"

　　我从我的新书架上抽下一本大部头书。"我查了百科全书，"我解释说，"查了关于海绵的内容。你应该把它扔到垃圾箱里，丹尼尔，真的。"

　　"百科全书上是怎么说的?"丹尼尔急切地问，一屁股坐在了我的床上，他用两只手捧着海绵。

　　"书上说，海绵是没有眼睛的，"我说，"而且它们只能在水里生活。只要离开水超过十分钟，它们就死了。"

　　"看到了吗? 卡洛，这不是海绵，"丹尼尔大声说，"我们的这个动物有眼睛，而且，自从我们发现它之后，它就没碰过水。"

　　"哦，我没有看见眼睛呀。在我看来它一点都不像是活的。"卡洛怀疑地说。

　　丹尼尔从床上跳起来，把海绵递给了他的朋友。"拿住，你会看到的。"

卡洛小心翼翼地把海绵捧在手心里，一双褐色的大眼睛突然睁得圆圆的："它热乎乎的！而且……而且……它在动，它在蠕动！它是活的。"

卡洛猛地转过来看着我："但如果它不是海绵，那……那它是什么呢?"

"我还没有弄清楚。"我承认道。

"也许是一种超级海绵，"丹尼尔说，"特别厉害，能在陆地上生活。"

"也可能一半是海绵，一半是另一种动物，"卡洛盯着那东西说，"我可以把它拿回家一会儿吗? 它肯定会把桑蒂吓得够呛。"

桑蒂是卡洛的保姆。"我很快就把它拿回来。"卡洛保证道。

"不行，卡洛，"我立刻说道，"我认为我要把海绵留在这里，等我弄清楚它是什么东西之后再说。放在这儿——把它塞进这只旧的沙鼠笼里。"

"哎呀，求求你啦，"卡洛央求道，一边抚摸着海绵皱巴巴的头顶，"看见了吗，它喜欢我。"

"不行!"我回答，"丹尼尔，告诉你的朋友，别再来烦我了。"

"好吧，好吧，"卡洛嘟囔道，"对了，这小家伙吃什

145

么呢?"

　　"不知道,"我回答, "看起来它什么都不吃也活得很好。快把它塞进笼子里。"

　　卡洛把手伸进沙鼠笼,放下了那个动物。就在这时,他脸上突然充满恐惧。

　　我看见他的手臂在颤抖。

　　然后他发出一声惊恐的尖叫。

　　"啊呀!我的手!它咬了我的手!"

6 奇怪的钉子

"不——"我尖叫。

卡洛的嘴巴恐惧地扭歪了，使劲把手臂从沙鼠笼里抽出来——伸到我面前。

"哦!"我吃惊地喊道。

卡洛在我的脸前晃悠着他的手，哈哈大笑起来。他的手根本就没有受伤。

"你真是太可恶了!"我嚷道，"这一点也不好玩。真讨厌!"

卡洛和丹尼尔笑得瘫倒在地。

"这个玩笑太妙了!"丹尼尔笑嘻嘻地说，"来，卡洛。给我一只……手! 哈，哈，哈!"

他和卡洛举手击掌。"真有你的，伙计!"丹尼尔喊道。

我气呼呼地瞪着这两个胡闹的小坏蛋。

"你们应该知道，这并不好玩，"我板着脸说，"我们不知道这海绵到底是什么类型的动物。"

"我们也不知道你是什么类型的动物！"丹尼尔嬉皮笑脸地大声说。

"如果我是动物，那你就是动物的小弟弟！"我反唇相讥。

"对了，我有一个主意，"卡洛朝丹尼尔眨眨眼睛，说道，"也许你应该给海绵拴一根绳子，带它出去散步。让它活动活动，它也许就会有胃口了！"他说完又是一阵狂笑。

他们笑得前仰后合。

"但是海绵没有腿啊。"丹尼尔跟着一唱一和。

"可以在枫叶街滚着它走！"卡洛建议道。

又是一阵狂笑。

"够了，伙计们。出去！"我喊道，"离我和海绵远点！快！"

丹尼尔和卡洛又来了个举手击掌，转身走了。

我巴不得他们赶紧离开。我需要独自待一会儿，坐下来好好想一想，该拿这个圆溜溜的小动物怎么办。

可是，没等卡洛和丹尼尔走出卧室的门，一声惨叫传来，吓得我差点蹿到天花板上去。

我一转身，看见卡洛正疯狂地单脚蹦跳。

"哦，行了，"我说，"就好像我还会相信你们那些愚蠢的玩笑似的。"

可卡洛的脸已痛苦地扭成一团，他胡乱地指着自己的脚。他呻吟着，后退着跌到床上，脱掉了他的运动鞋。

鲜血从他的白袜子里渗了出来。

"一根钉子！"他喘着气说，"我踩到了一根钉子！"

我垂下眼睛，看着地板上的运动鞋。

一根长长的钉子扎透了厚厚的橡胶鞋底——扎进了卡洛的脚板！

怪事儿，我想，从哪儿来的一根钉子呢？

"嘿，真的在流血呢！"卡洛惨叫着说，"快想想办法！"

我焦急地到处寻找可以用来包扎的东西。就在这时，我的目光落在了沙鼠笼里的海绵身上。

"哇！"我惊叫道。

海绵在颤抖、摇晃。

而且它在呼吸——声音很响，我在房间另一头也能听见那种古怪的声音！

哇——哈！哇——哈！

当我用一件旧 T 恤衫包住卡洛的脚时，脑海里闪现出两个问题——这到底是怎么回事？海绵动物为什么突然变

149

得如此兴奋?

直到第二天,我才弄清了这块海绵的可怕真相。

真相大白之后,我才明白为什么我们的新家里会发生这么多事故。

于是我希望我从来没有打开那个柜子,从来没有把手伸到水池下面,从来没有发现那块海绵般的……东西。

然而现在已经太晚了。

对我们每个人来说都太晚了。

7 飞旋而下的树枝

"卡特，都决定了。"第二天早晨，我走进厨房吃早饭时，妈妈笑着对我说。

"什么都决定了?"我睡眼蒙眬地问。

"你明天的生日聚会呀!"妈妈回答，一边迅速搂抱了我一下。妈妈最喜欢搂抱别人了。

"你怎么能忘记呢?"她吃惊地问我，"几个星期以来我们一直在筹划你的生日呀!"

"我的生日聚会!"我兴奋地说，"哦，我都等不及了!"我坐在桌旁，准备吃玉米片、喝橙汁。

在默顿家里，生日聚会可是一件了不起的大事。妈妈总是订购一个大蛋糕，所有的邀请函和装饰品都是她亲手制作的。

今年，我也帮着写邀请函了。我们把紫色的美术纸裁

151

开，然后用一支粉红色的闪光笔写字。

我一般都给我的生日聚会设计一个主题。去年的主题是"自己做比萨"。效果出奇的好！我的朋友们好几个星期都在谈论这件事。

到那天我就十二岁了，我认为自己已经长大了，不适合再搞什么主题。所以，爸爸妈妈要带我和我的五个最好的朋友去神奇乐园玩一整天。

神奇乐园绝对是最酷的。它有两个冲浪游泳池，一整套水滑梯，还有怪兽冲浪车。那是我玩过的最恐怖的过山车！

到底有多酷呢？去年夏天，卡洛坐完过山车后，把他吃的午饭全都吐了出来。

真是够酷的。

"这将是我最好的生日聚会！"我喊道，隔着桌子朝妈妈微笑，又转向丹尼尔，"对不起，你没有被邀请。只有年满十二岁的人才能参加。"

"不公平！为什么我不能去?!"他抱怨道，把勺子扔进玉米片粥里，牛奶溅得满桌都是，"我保证不会跟卡特的那些朋友说话。谁稀罕跟他们说话，求求你让我去吧！"

我开始感到难过。我开始改变主意。

就在这时，丹尼尔彻底毁掉了他的机会。

他双臂交叉抱在胸前。"在这家里什么都是卡特的，"

他嘟囔道，"就连那个海绵她也不肯给我玩！"

"就是卡特在水池下面发现的那个破玩意儿？"妈妈吃惊地问，"谁稀罕要它呀？"

"我！"丹尼尔喊道。

"是我找到的，就归我所有。我今天要把我的海绵带到学校去。"我对丹尼尔说。

"为什么？"妈妈问。

"我要把它拿给万德豪夫人看，"我解释道，"也许她会知道这是什么。现在我需要找个东西装我的海绵。"

我在厨房的柜子里找来找去。"太棒了！"我喊道，举起一个标着"美厨"字样的塑料盒。盒子里还有一股淡淡的土豆色拉的味儿。

我用一把旧剪刀在盒盖上戳了几个透气孔，接着跑到楼上去拿海绵。

我回到厨房，把色拉盒放在地上，然后打开冰箱。

"妈妈，"我喊道，"哪个午餐袋是我的？"

"蓝色的那个，亲爱的。"妈妈回答。

我抓起我的午饭，关上了冰箱。

我听见厨房的地板上传来一阵吸鼻子的声音。我低头一看。

"杀手，你在做什么呀？"我笑眯眯地看着耷拉着耳朵的小狗。

153

嗅，嗅，嗅……

它使劲嗅着色拉盒。

嘎啦——嘎啦——

它用爪子挠着地面，发出噪叫。

又来了，我想。

杀手竖起耳朵，满腹疑虑地围着盒子绕圈子。

然后狂吠。

狂吠。狂吠。

"杀手！回来！"我喊道。

可是小狗兴奋得要命，根本不听。

"妈妈，丹尼尔！"我大声叫，"快帮我把杀手赶走，我猜它是想把海绵当早饭吃掉！"

妈妈抓住杀手的项圈，把仍在噪叫的它从盒子旁拖走了。妈妈推开门，把小狗赶进了后院。"出去，狗狗，快出去吧。"她温和地说。

妈妈转向我："小狗为什么这么烦躁不安？它的表现真奇怪。好了好了，快走吧，不然你们上学就要迟到了。然后我就要噪叫和狂吠了。"

我把背包甩到肩上，匆匆亲了妈妈一下，跟着丹尼尔出了门。

"你瞧着！"丹尼尔大喊一声，冲到马路对面约翰森家门前，站在那个篮球筐下面。

丹尼尔假装运球和过人，然后疯狂地绕着圈子跑。"你肯定跳不了这么高！"他说，假装投中一球。

"快走吧，丹尼尔，"我回答，一边快步在街上走着，"如果我迟到了，万德豪夫人肯定会让我放学后留下的。"

丹尼尔向我跑来。突然，他的眼睛睁得溜圆！

"卡特！当心！"他喊道。

咔咔咔！

我听见头顶上传来一种令人恐惧的声音。一种响亮的断裂声，就好像有人同时摁响了一千个指关节。

我一抬头，正好看见一根巨大的枯树枝在空中飞旋而下。

我僵住了。

我无法喊叫，我无法动弹。

我的整个身体都僵住了。

我就要被压成一块卡特肉饼了！

8 万德豪夫人

"哦!"我喉咙里发出一声恐惧的呻吟。

我感到有人从后面使劲推了我一把。

那力量使我飞了出去,摔在地上。

我惊愕地躺在那里,注视着那根大树枝哗啦啦落在地上。

就落在我身后几英尺的地方。

我挣扎着站起来时,海绵盒子从我手里滚了出去。那小动物从盒子里钻出来,落到人行道上。

"我救了你一命!"丹尼尔喊道,"现在你欠我一个大人情!"

我几乎没有听见他的话。

海绵,我眼睛只盯着那块海绵。

哇——哈!哇——哈!

156

它的呼吸比以前听到过的更响、更快、更深沉。

哇——哈！哇——哈！

它那颗小心脏简直都快跳出来了，它兴奋地在地上跳来跳去。

砰——砰！砰——砰！

太奇怪了。我刚才差点被掉落的树枝砸死，而这海绵看上去特别兴奋。

就好像它喜欢看到我出事。

就好像我出事能让它特别开心。

"万德豪夫人！"我大喊着冲进教室，"我有件东西要给你看！"

万德豪夫人特别聪明，简直无所不知无所不晓。

她脑子很灵，而且经常带我们全班出去上实践课。万圣节的时候，我们参观了一个恐怖的旧剧院，据说那里经常有死去的演员的灵魂出没。

不过，万德豪夫人也特别严厉。不管是谁，如果在课堂上胡乱打闹说话，整整一个星期都要被课后留堂！

还有一个问题，她一点幽默感都没有，我甚至从没见她露出过一点笑容。

"您看看吧，万德豪夫人，"我兴冲冲地说着，把海绵送到她的鼻子底下，"我是在我们新家的厨房水池下面找

到的。丹尼尔伸手去抓它时，被撞了脑袋。后来我爸爸认为是我推了他，然后，然后……"

万德豪夫人透过金丝边眼镜望着我。"卡特，嘘——"她严厉地命令道，"好，从头说起——说得慢一些，清楚一些。"

我深深吸了口气，重新说了起来。从我们搬家的那天开始，一直说到那根坠落的树枝。

"你说它突突跳动，还会呼吸？"万德豪夫人使劲盯着我问道。

"是的！"我大声回答。

"让我看看。"万德豪夫人说。我把盒子递了过去。

她迟疑地把手伸进去，拿出了那块海绵。

"哦，哎呀！"我失望地叹了口气。海绵看上去干瘪瘪、皱巴巴的。

它没有呼吸，也没有突突跳动。

万德豪夫人严厉地看着我。"卡特，这到底是什么意思？"她气呼呼地说，"这只是厨房用的一块普普通通的海绵。"她做了个鬼脸，"而且是一块脏海绵。"

"你错了！"我喊了起来，迫不及待地想让她相信我，"这绝不仅仅是一块海绵。它是活的，它有眼睛——看见了吗？你肯定能看见的！"

万德豪夫人眯起眼睛看着我，摇了摇头发花白的脑袋。

"哦，好吧。"她叹了口气说。她低下头，仔细打量着海绵，并用手指划过海绵皱巴巴的表面。

"我不知道你到底在说些什么。"她生气地说，示意我回到座位上去，"这东西根本没有眼睛，而且不是活的。它只是一块脏兮兮、干巴巴的旧海绵。"

万德豪夫人严厉地瞪着我："如果这是你想出来的恶作剧，卡特利娜，那我可不欣赏。一点儿都不欣赏。"

"可是……"我还想说些什么。

万德豪夫人举起一只手。"不许再说了。"她命令道，又把海绵丢了回来——像扔垃圾一样扔进了我手里。

我的心里充满了失望。

我还能说些什么才能让她相信呢？

教鞭突然敲在讲台上，打断了我的思绪。"我要把你们上星期的数学考试卷子发给你们。"万德豪夫人宣布道。

全班同学叫苦不迭。对我们每一个人来说，那次突袭测验都是一场特大的灾难。

"坐好！"万德豪夫人厉声说。

她把手伸进讲台去掏试卷，但是——她的手指被夹在了抽屉里！

她痛得吼了一声，然后尖叫起来："我的手指！哎哟——我的手指肯定断了！"

我仍然站在她的讲台旁边。她举着那只手，转向我说："帮帮我，卡特利娜，我必须到医务室去!"

我替万德豪夫人打开教室的门，然后我扶着她顺着走廊，来到医务室。

"出什么事了?"学校医务室的退切尔夫人从桌旁跳起，朝我们跑了过来，浆洗得硬邦邦的白大褂随着她的脚步沙沙作响。她把万德豪夫人安顿到一张舒服的椅子上。

"我的手指，"万德豪夫人呻吟着说，举起她那只红肿的手，"被讲台的抽屉夹坏了!"

"没关系，"退切尔夫人安慰她说，"我给你那只手上敷一些冰，并且会让校长派人过去照看一下你们班的。"

"谢谢你!"万德豪夫人哼哼唧唧地说，"卡特利娜，你可以回班上去了。你很热心。"

热心?

这几天，我不管去哪里，似乎都有人受到严重伤害!我对自己说。我闷闷不乐地拖着脚步，走回六二班教室。

"卡特! 卡特!"我听见有人在叫我的名字。

丹尼尔从图书馆冲出来，差点儿被他没有系好的鞋带绊倒。他冲过来跟我撞了个满怀。

"我找到了!"他上气不接下气地大声说，"我找到了那种海绵动物! 在一本书里! 我知道它是什么了!"

9 嗜颅怪

我一把抓住了丹尼尔的衬衫前襟。"是什么？是什么？"我问道，"我必须马上知道！"

"哎呀！放松点，冷静点。"丹尼尔推开我抓住他衬衫的手，"我会给你看的，"他保证道，"这里还有一幅图片呢。"

"在哪儿？"我问。

丹尼尔朝走廊里张望了一下，没有人。

他从衬衫里面掏出一本书，递给了我。一本黑色的大部头书。

我飞快地看了一眼书名：《怪物百科全书》。

"你说的图片就在这里面？"我讥笑地说。

"哈哈，好玩极了。"他回答道，把书从我手里夺了回去，"你想看看你的海绵吗？"

"那还用说!"

丹尼尔迅速地翻着书页,口中念念有词:"石头怪,鹰首狮身兽,尸骨精。在这儿!"

他把书塞到我的鼻子底下。书的气味怪怪的——有一股霉味。我猜它肯定在图书馆的书架上放了很长很长时间了。

丹尼尔指着八十九页上的一幅图,我低头看去。

皱巴巴的皮肤,小小的黑眼睛。"确实很像那块海绵。"我吃惊地说。

我开始阅读图片下面的文字。

"这是一只嗜颅怪。"

嗜颅怪?我想。嗜颅怪是什么玩意儿?我接着看书:

"嗜颅怪是一种古老的神话动物。"

"神话?"我大声说,"这就是说它不是真的——是编造出来的!但这个是真的呀!"

"继续往下看呀。"丹尼尔催促道。

"嗜颅怪不吃东西不喝水,它从厄运中获取能量。"

"丹尼尔,"我结结巴巴地说,"这太古怪了,真是太古怪了。"他点点头,眼睛睁得大大的。

"人们总是把嗜颅怪看做一种厄运符咒,它靠别人的厄运存活。每次周围发生不幸的事情,嗜颅怪就变得更加强壮。"

"这本书的作者是疯子。"我喃喃地说，接着又往下看，"嗜颅怪主人的厄运没有尽头。嗜颅怪是杀不死的——用武力或其他暴力都无济于事，而且它永远不能被送人或丢弃。"

为什么不能？我疑惑地想。

接下来的几行文字告诉了我答案。

"嗜颅怪只能在一个主人死后传给另一个新主人。不管是谁，如果把嗜颅怪送人，不出一天就会毙命。"

"荒唐！"我喊了起来，"荒唐，荒唐！简直太荒唐了！"

我转向丹尼尔，压低声音说道："根本就没有这种靠厄运存活的动物。"

"你怎么知道呢，神童？"丹尼尔问。

"每一样东西都需要食物和水，"我回答，"至少每一样活着的东西都是这样的。"

"我不知道，"丹尼尔说，"也许书上说的是对的。"

另一页上的一幅动物图片吸引了我的视线。"哟，这是什么？"我问。

看上去像一个土豆——褐色的，椭圆形，但它有一张嘴，里面满是尖尖的牙齿。

我飞快地阅读下面的文字。

"烂犀是嗜颅怪的表亲，但是要危险得多。"

"恶心！"丹尼尔喊道，做了个鬼脸。

我继续读道：

"烂犀一旦抓住某人，就绝不松开——直到吸光那个人身上的最后一丝精力。"

我啪的一声合上了书。"给，丹尼尔，拿着这本破书！"我把《怪物百科全书》塞进弟弟怀里，"这里面写的全是疯话，我一句也不相信。"

"我还以为你想多了解了解那块海绵呢。"丹尼尔说。

"不错，但不是这种胡编乱造的玩意儿！"我对他说。

我知道我对丹尼尔的态度有点儿恶劣。他只是想帮我。

可是饶了我吧。发生了这么多事情，我实在有点承受不住了。

我的意思是，这两天过得真不顺——爸爸从梯子上摔下来，万德豪夫人被讲台的抽屉夹了手。

还有我差点儿被树枝砸死！

我在走廊上踏着重步返回教室。"什么破书！"我对自己嘀咕道。

可是，另一个念头却拼命地挤进了我的脑海：如果书上说的是对的呢？

我望着仍然蹲在色拉盒里、放在万德豪夫人讲台上的嗜颅怪。

它又变得湿漉漉的，而且在呼吸，一双冷冰冰的黑眼睛正盯着我看。

我感到一阵恐怖的寒意，全身的皮肤都在刺痛。

"神话里的动物是不存在的，"我低声对小动物说，"我不会相信那本书上写的，绝不相信！"

海绵抬起眼睛看着我，轻轻地呼吸着。

我拿起色拉盒，气呼呼地摇晃着。"你到底是什么?"我大声问，"是什么?"

放学路上，丹尼尔把事情原原本本地告诉了卡洛。我走在他们后面，努力去想些别的事情。什么事情都行。

"它叫嗜颅怪，是一种厄运符咒，"丹尼尔兴奋地解释说，"对吗，卡特?"

"我认为你才是厄运符咒，"我没好气地说，"我还认为那本书完全是胡说八道。"

"哦，是吗?"他大声说，一把抓住了我的背包。

"你不需要这些书了，是不是?"他取笑道，"你太聪明了，比百科全书知道得还多。"

丹尼尔拿着我的书包在马路上跳来跳去，拐进了枫叶街。"哟，妈妈在外面！"他惊讶地喊道，拔腿跑了起来。

我和卡洛急忙去追丹尼尔。

妈妈站在门口等着我们，她脸上满是紧张而担忧的表情。"孩子们，快进来吧。"她说。

　　丹尼尔、卡洛和我跟着妈妈走进厨房。

　　"恐怕我有一个很不好的消息要告诉你们。"妈妈悲哀地说。

10 杀手失踪了

"杀手不见了。"妈妈大声说，她伤心地咬着自己的下嘴唇。

"不见了?"我和丹尼尔异口同声地尖叫起来。

"它逃走了，"妈妈解释说，"我到处都找不到它。它肯定是趁我把一些东西放进车库时溜出去了。"

"可是，妈妈——"我提出反对，"杀手绝不会逃走。它以前从来没这么做过。"

"卡特说得对!"丹尼尔赞同道，"它胆子没那么大，不可能逃走。"

"是不用担心，"妈妈说，"我相信我们肯定能找到它。我已经给警察打了电话，现在他们正在到处找它呢。"

"我能找到杀手，"丹尼尔喊了起来，"我肯定能在警察之前找到它! 快走，卡洛!"

丹尼尔抓了一把美味狗粮，跑了出去。卡洛紧紧跟在后面。

门在他俩身后砰的一声关上了。

可怜的杀手，我想。独自孤零零地在外面，大概迷了路，肯定吓坏了。

我们的新家离大马路这么近——离所有那些飞速行驶的汽车这么近。我的小狗狗会出什么事呢？

我突然想哭。我抓起装了海绵的盒子，冲到了楼上。

"这都怪你，是不是？"我气呼呼地责骂那个动物，"我想你肯定就是一只嗜颅怪！"

就在我说话的当儿，嗜颅怪像脉搏一样跳动。它抖动得那么厉害，我简直以为它要从盒子里跳出来了。

砰——砰！砰——砰！

它的呼吸急促而低沉。

哇——哈！哇——哈！

我猛地把嗜颅怪揪了出来。"我们的厄运已经够多的了！"我哀声叫道，"也许这样你就能罢休了！"我用尽全身的力气，把这个可怕的家伙朝墙上扔去。

嗜颅怪砸在墙上，啪的一声，令人恶心。

接着我却发出一声惨痛的尖叫。

11 受伤的手

我低头一看，一片殷红。

殷红的鲜血，正从我的左手涌出来。

我把嗜颅怪扔出去时，手重重砸在我的桌上——砸在一把剪刀锋利的刀刃上！

"哦！"我呻吟着，查看自己的手。刀口很深，血肉模糊。

我用几张纸巾包住伤口，止住血流的速度。然后我朝地板上的嗜颅怪望去。

我希望它死了。

我俯下身。

"可恶！"我大叫起来。嗜颅怪在呼吸、在跳动——比以前任何时候都更急促、有力。

哇——哈！哇——哈！

我凑过去。

嘿，嘿，嘿！

"咦，这是什么意思？"我喃喃地说。

嘿，嘿，嘿！

我想，你可能会说这种声音是笑声。一种干巴巴的、冷酷的嘲笑声，听起来就像在咳嗽。

然而，就在我听着那邪恶的笑声时，嗜颅怪开始起了变化。

它的颜色突然变得鲜艳了——从暗淡的褐色变成了明亮的粉红色。我惊愕地盯着它，嗜颅怪变得像西红柿那样红艳艳的。

那样鲜红，就像我手上的伤口涌出的鲜血。

我的手！哎呀！鲜血渗透了纸巾，慢慢地滴到地板上。

我需要帮助。妈妈的帮助。

"妈妈！"我大喊一声，一跃而起，"我需要一个创可贴。一个大大的创可贴！"

当我飞跑着冲过门厅时，脑海里闪过一大堆问题。

嗜颅怪为什么改变颜色？我想。还有那笑声——我以前从来没有听过。那是什么意思？它真的在笑吗？

我把嗜颅怪扔到我卧室的墙上时，是不是把它砸伤了？所以它才变成了红颜色？

这么多令人恐惧的问题……

我用手拢在我的耳朵上，凑近房门听着。

有人在说话。在我的房间里。

"是谁?"我声音颤抖地喊道。

门突然打开了。

"是嗜颅怪的幽灵，"丹尼尔用阴森森的耳语声说，"噢噢噢——"

丹尼尔和卡洛站在沙鼠笼旁边，咯咯地笑。

"哦，我真是吓坏了。"我嘲笑地说，"你们找到杀手了吗?"

"没有。"丹尼尔难过地说，"我和卡洛在街道上彻底地找了一遍。妈妈说警察会找到它的。"

我把目光转向沙鼠笼。"嗜颅怪怎么又回到笼子里了?"

"我发现它在地板上，就把它塞回到了笼子里。"丹尼尔回答，"它是怎么跑出来的?"

"我怎么知道。"我耸了耸肩说。我没有心情跟他们解释。

卡洛一直在仔细端详嗜颅怪，这会儿转向了我。"哟，你的手怎么啦?"他指着我扎了绷带的手说。

我不想告诉他们。

"哦，没什么，"我回答，"不小心弄破了。你们俩站在这里盯着嗜颅怪做什么？"

"卡洛还想把它借去玩玩，"丹尼尔解释道，一边敲着笼子侧面，想引起嗜颅怪的注意，"我告诉他不行。"

卡洛转向我。"求求你了，"他央求道，"我保证特别小心。求求你，求求你，求求你了……"

那个倒霉的嗜颅怪！"哦，你把它拿走吧，归你了！"我气冲冲地说。

"太棒了！"卡洛的眼睛一亮，急切地伸手到塑料笼子里去抓他的战利品。

"慢着！"丹尼尔喊道，一把抓住卡洛的胳膊，"卡特，你还记得《怪物百科全书》里是怎么说的吗？"

丹尼尔开始凭记忆背诵嗜颅怪的那个词条，眼睛一眨不眨地盯着我。

"不能把嗜颅怪送人。不管是谁，如果把嗜颅怪送人，不出一天就会毙命。"

我心里泛起一种恐惧的感觉。

但是我不能相信那本鬼话连篇的书，对不对？

百科全书说嗜颅怪会笑、会变颜色了吗？

没有。

卡洛和丹尼尔都眼巴巴地望着我，等待着我的决定。我是不是应该把这个海绵怪物送给卡洛呢？

我打量着嗜颅怪。

"别这么做,"丹尼尔提醒我, "求求你别把它送人。这太危险了。"

我只知道一点,就是赶紧摆脱嗜颅怪,越快越好。我想,既然卡洛这么想要它,那就给他好了!

"拿走吧,卡洛,"我说, "快把这恐怖的、令人恶心的东西拿走吧。"

丹尼尔一把从笼子里抓出嗜颅怪,紧紧握在手里。"不行!"他喊道, "卡洛不能拿走。我不管你说什么,反正我不让他拿走!"

"这会儿谁是胆小鬼呢?"我问,一边捅了捅丹尼尔的胳膊。

"我是想救你!"丹尼尔喊道, "你难道不明白吗?"

可怜的丹尼尔,他看上去是那么认真、那么害怕。我决定不让他为难。

"好吧,好吧。卡洛,我想你最好还是别把嗜颅怪拿走。"我大声说。

丹尼尔如释重负地松了口气。

卡洛皱起眉头。"好吧。再见!我要走了。"

"我跟你一起走,"丹尼尔说着,把嗜颅怪扔回笼子里, "走吧,我们骑车到公园去,说不定杀手会在那儿呢。"丹尼尔匆匆跑出卧室时,回过身来朝我竖起一对大

拇指。

两个男孩走后，我瘫倒在床上。接下来会发生什么事呢？我想。

我把目光转向那个塑料笼子，气呼呼地盯着嗜颅怪。我感到自己对这个小动物有一种刻骨的仇恨。

"如果周围再发生一件倒霉的事，我就把你埋掉，"我下了狠心，"我要把你深深地埋在地底下，永远不会有人找到你或看见你，永远。"

结果，没过多久，我就不得不真的这么做了。

12 沉坑埋葬

第二天一早，我猛地惊醒。

嘟！嘟！丹尼尔站在我的床脚，使劲吹一只聚会上用的喇叭。

"该起床啦，卡特！"他尖声说道。

我一伸手，把那只吵闹的喇叭夺了过来。"给我打住，你这倒霉鬼！"我嘟囔道。突然，我想起来了。

我的生日！终于来了！应该好好庆祝一番。

我从床上一跃而起。该收拾收拾去神奇乐园了！

我打算一整天都玩西雅图火焰山和疯狂冲浪滑梯！

我跑到窗口，透过玻璃朝外望去。"不！"我失望地喊了起来，"不！这不可能！"

大雨倾盆而下，闪电划破了天空。雷声隆隆，我感到仿佛房子都在颤动。

这么糟糕的天气，我们怎么能去神奇乐园呢？

"卡特，"妈妈在楼下喊道，"吃早饭啦。"

我匆匆套上紫色和粉色条纹相间的紧身裤和一件紫色T恤衫，跑进了厨房。我过生日，妈妈总会做我最喜欢吃的东西——加草莓和糖粉的华夫饼干。

"过生日的女孩来了。生日快乐，亲爱的。"妈妈笑眯眯地说，给了我一个大大的拥抱。

"我穿上了生日聚会的衣服。"我在桌旁坐下，满怀希望地说。

"哦，亲爱的，恐怕我们不得不取消你的生日聚会了，"妈妈难过地说，"这样狂风暴雨的天气，我们肯定不能去神奇乐园。"

取消？我闷闷不乐地戳着我的华夫饼干。

"我们不能在这里开生日聚会吗？在室内？"我恳求道，"我们可以叫外卖比萨，在书房里玩电脑游戏。"

"你知道我们不能这么做，"妈妈说，"粉刷匠整天都要在客厅和餐厅干活。家里到处都是梯子和一桶桶的涂料，我不能让你的朋友们跑来跑去。"

真倒霉啊。

"可是，妈妈，今天是我的生日呀！"我扔下手里的叉子，抗议道，"你答应我举办一个生日聚会的。你答应的！"

妈妈叹了口气："我知道你心里多么失望，卡特。我们改天再举办你的生日聚会，也许下个星期吧。"

改天就不是我的生日了。"自从我们搬来以后，"我喊道，"每件事情都不对劲儿！"

我恨这座新房子。我甚至恨我的生日。

我最恨最恨的，是那个嗜颅怪。

我把华夫饼干留在盘子里，上楼跑进自己的房间。我把嗜颅怪从笼子里抓出来，咬牙切齿地使劲摇晃它。

"我警告过你！"我威胁道，"你毁了我的生日！现在你要付出代价！"

嗜颅怪在我手里快乐地突突跳动，我猛地把它扔回了沙鼠笼里。"我恨你！"我尖声说，"我真的恨你！恨你和你的厄运！"

我一屁股坐在桌子旁，决定采取行动。强有力的行动。没有生日聚会，也不再有嗜颅怪。"我要说到做到。"我对那个怪物说。

我从书桌抽屉里拿出一个笔记本，开始制定摆脱嗜颅怪的计划。

"丹尼尔，外面已经不下雨了，"我轻声对弟弟说，"快，时候到了。"

嗜颅怪在塑料盒里有节奏地跳动。

砰——砰！砰——砰！

丹尼尔从电脑显示屏上抬起目光。"现在?"他问道，"饶了我吧，卡特。我已经玩到第十关了，只要再杀死一个妖怪，就能打开那个财宝箱了。"

"这很重要，真的很重要。"我坚决地说。

丹尼尔叹了口气："你真的认为应该这么做? 你知道那书里是怎么写的。"

"我必须这么做!"我大声说，"你别忘了，就是因为嗜颅怪，杀手才逃走的。"

丹尼尔确实很紧张，而且害怕。

但他还是顺从地敲了一下《恐怖巨怪》的"保存"键，跟着我出门来到后院。雨下了整整一天。此刻，头顶上漆黑的夜空中，已经有几颗星星在闪烁了。

"给，你拿着嗜颅怪。"我轻声说，把那个怪物塞进丹尼尔颤抖的双手里。我快步朝车库跑去——这么多日子来第一次感到心情愉快。"我终于要摆脱那个可恨的嗜颅怪了。"我欢快地对自己说。

我抓起我能找到的最大一把铲子，回身朝丹尼尔走去。然后我开始挖土。

必须挖一个像样的坑，一个很深的坑。但是在潮湿的地面上挖坑可真费劲啊。汗水在我的后背和前额流淌。

我一点儿也不感到恐惧。我必须采取行动，让生活重新恢复正常。我必须阻止所有的厄运。

如果这意味着埋葬一块活的海绵，也没问题。只要别再让我看见那个愚蠢的、轻声坏笑的怪物就行。

我弯腰朝坑里望去。看上去已经够深的了，差不多跟我的胳膊伸出去一样长。

"我干完了，"我对弟弟说，"把嗜颅怪给我。"

丹尼尔默默地把海绵递给了我。

我准备把海绵送进深坑时，它没有跳动、没有呼吸，甚至都不再是热乎乎的。它摸上去干巴巴的，毫无生气，就像一块普普通通的厨房用的海绵。

可是我了解它的底细。我把嗜颅怪丢进坑里，愉快地注视着它顺着陡峭的边缘落进坑底。

我又拿起铲子，开始把土抛在怪物身上——一铲接一铲。挖，抛。挖，抛。终于，坑填满了。我用铲背把泥土拍平。"行了，"我说，"只有我们知道嗜颅怪被埋在了这里。"

我垂眼望着柔软潮湿的泥土。"别了，别了，嗜颅怪。"我开心地大声说，"丹尼尔，我认为我们的运气要改变了。"

丹尼尔没有回答。

我转过身。"丹尼尔？丹尼尔？你在哪儿？"

我弟弟失踪了。

13 生日许愿

我做了什么？

我惊慌地扔下铲子。"丹尼尔！"我失声尖叫，"你在哪儿？"

难道是我使弟弟消失的？难道把嗜颅怪埋起来会使丹尼尔消失在空气中？

"丹尼尔？丹尼尔？"我用颤抖的声音喊道。

我听见车库后面传来一阵轻轻的沙沙声。

我蹑手蹑脚地朝那边走去。"丹尼尔，"我轻声说，"是你吗？"

没有回答。

我朝车库后面望去。

丹尼尔坐在那里，双臂交叉抱住两个膝盖。安然无恙。

"丹尼尔!"我喊道。心里一块石头总算落了地,我气得使劲掐他。

"住手!"他厉声说,从地上站了起来。

"你躲在这里做什么?我担心死了——还以为嗜颅怪把你抓走了呢!"

丹尼尔没有回答,垂下眼睛望着地面。

"你为什么躲起来?"我问道。

"我吓坏了,"他喃喃地说,"我以为嗜颅怪会爆炸、会反抗什么的。"

"你吓坏了?"我问,"那我喊你的时候,你为什么不答应我一声?"

"我以为嗜颅怪在后面追你。"他坦白地说,脸都红了。

"丹尼尔,别担心。"我说。这可怜的家伙真的被吓坏了,他还为自己躲起来而感到难为情。

我把两只手放在他的肩膀上。"嗜颅怪走了,它被深深地埋在地底下了。"

丹尼尔使劲咽了口唾沫。"但如果它回来怎么办呢?如果书上说的事情应验了怎么办呢?"

"我们再也不会看见嗜颅怪了,"我轻声说,"你别忘了——书上说世界上其实并没有嗜颅怪,它是人们编造出来的。只是一种传说,一个神话故事。"

丹尼尔叹了口气。"我不愿意承认，但你说得对，卡特，"他说，"至少这一次说得对。"

"这一次？"我气冲冲地反驳，"别的时候呢？"我重重地打了一下丹尼尔的胳膊。

"哎哟，疼死了，我好像要昏过去了！"丹尼尔假惺惺地喊道，他摔在湿漉漉的草地上，假装晕倒。

"好了，我们进去吧。"我催促道，"你浑身都湿了，我呢，满身是泥。"

丹尼尔跌跌撞撞地爬起来，用胳膊肘把我推到一边。"我比你跑得快！"他大喊一声，拔腿朝家里跑去。

我三步两步跳上台阶，比他早一秒钟冲进房门。我把纱门重重关上，牢牢锁住，不让丹尼尔打开。

"我赢了！"我喊道。

"那还不是因为我让着你。"丹尼尔大声说，他使劲地砸门。

"你想进来吗？"我问。

丹尼尔点点头。

"那你就说'卡特赢得光明正大'。"我命令道。

"你休想！"他回答。

"那你就整夜待在外面吧——陪着那个嗜颅怪！"我对他说，并发出一声阴森恐怖的嗥叫。

"好吧，好吧，卡特赢得光明正大，"丹尼尔嘟囔道，

"但下次我会赢的!"

实际上,我并不真的在乎谁赢了比赛。把嗜颅怪埋掉了,我心里别提多高兴了,我愿意让丹尼尔赢十次。

我们冲进客厅时,爸爸妈妈从报纸上抬起目光。房子里有一股新油漆的气味。

"你们去哪儿了?"爸爸问。

"哦,在院子里玩了玩。"我回答。

"没有什么事吧?"妈妈关切地问,"你们身上搞得好脏!"

"一切都挺好,"我回答,"现在。"

"好吧,快去洗洗吧,"妈妈吩咐道,"然后到厨房里来。"

我和丹尼尔挤进卫生间,靠在水池上,互相推推搡搡,把自己洗干净了。

"你知道现在是什么时候吗?"我冲进厨房时,妈妈问我。

"知道!"我开心地嚷道,"是我的生日蛋糕登场的时候。"

妈妈笑了。"好吧,快坐下来吧。"

我兴奋地坐在她端给我的椅子上。我想,生活终于重新走上了正轨。

丹尼尔坐在我旁边的椅子上,他抓住我的胳膊。"有一件倒霉的事情要发生了,"他轻声说,"我知道,我知

道得清清楚楚。"

我不会让任何事情来破坏今天晚上的欢乐，我想。

"别这么胆小，"我小声说，"一切平安无事。"

妈妈在厨房的操作台上张罗着那块蛋糕，她用火柴点燃了十三根蜡烛—— 一岁一根，还有一根代表着好运。

多么气派的蛋糕啊！是妈妈从街上的蛋糕店里订购的。上面都是我喜欢的美食：粉红色的糖霜玫瑰花，巧克力酥皮，还有一层草莓，蛋糕顶上有一个小小的巧克力费里斯转轮。

"准备好了吗，卡特?"妈妈问。她把蛋糕端到桌上，她的脸在烛光映照下闪着愉快的光。爸爸也朝我露出灿烂的笑容。

他们齐声合唱"祝你生日快乐"。

我看见丹尼尔唱歌时仔细地望着我。他们唱完了。我闭上眼睛，在心里许愿。

"我希望杀手能回家，"我默默地对自己说，"我希望嗜颅怪再也不要回来。我希望丹尼尔说错了——什么倒霉的事情也不会发生。"

我凑上前，靠近蜡烛，使劲一吹。

噗！

厨房里一声巨响，我惊得差点趴在蛋糕上！

14 凋零的院落

"天哪，这瓶塞的声音真响！"妈妈咂着嘴说。

她把一个托盘放在桌上，托盘里有几只玻璃杯和一个很大的绿瓶子。"是你最喜欢的——闪光苹果汁，"她大声宣布，"我知道这比不上到神奇乐园玩一天……"

"哦，妈妈！"我激动地说，心仍然在怦怦地跳，"太棒了。所有的一切都很棒。"

一个美妙的生日。蛋糕、闪光苹果汁，还有礼物——两盘新游戏，一个随身听和几盘CD，一只紫色的背包，以及一件粉红色和紫色相间的针织衫——是我最喜欢的颜色。

晚上睡觉前，我把课本塞进新的背包。我盯着那个沙鼠笼，里面空空的，干干净净的——就好像嗜颅怪从来不曾存在过。

终于摆脱了那个令人恶心的怪物，我愉快地想。终于摆脱了。

我们家终于平平安安，再也没有厄运了。

门厅的钟敲响了十点。该睡觉了。我换上睡衣，钻进了被窝。

第二天早晨，闹钟一响，我就从床上跳起来，跑到窗边去看天气。

"哦，糟了！"

我发出一声惊恐的呻吟。

后院看上去像一片荒漠！

一夜之间，草都变得枯黄。所有粉红色的秋海棠都枯萎凋零，落在地上。爸爸的红玫瑰也都干瘪发黑了。

可怜的爸爸，我想。为了让院子变得漂亮，他花了那么多心血，可是现在……

我呆呆地望着丑陋的、死气沉沉的院子，拼命摆脱我脑海里的那个想法。但是在我内心深处，却清清楚楚地知道这是怎么回事。

那个嗜颅怪。

那个嗜颅怪从它的坟墓里给草坪施了邪恶的妖术，它杀死了每一株活的花草，每一片绿叶！

我该怎么办？我望着枯萎、干瘪、毫无生气的院子，心里想道。

我是不是应该把嗜颅怪从地里挖出来?

难道还有别的选择吗?

恐怕没有。

我飞快地套上新的针织衫,穿上一条牛仔裤,蹑手蹑脚地下了楼,悄悄溜到我埋嗜颅怪的那个地方。

然后我开始挖土。

焦黄色的枯叶雨点般落到我头上。我不停地挖掘潮湿而沉重的泥土,挖得两个肩膀酸痛。我的胃里也感到很不舒服。

一挖,一抛。一挖,一抛。

我越挖心情越糟糕。

我真想扔下铲子,远远地离开这里。让那个可怕的怪物永远埋在地下。

但是我必须面对现实。

如果我让嗜颅怪埋在这里,它就会不停地惩罚我、惩罚我们全家。

我一直挖到坑底,然后我俯下身,用双手把泥土扒开。

在我惊恐的目光注视下,嗜颅怪慢慢地、一跳一跳地出现了。它看起来比以前任何时候都更活跃、更兴奋。

"我真应该用这把铲子把你砸得稀巴烂!"我朝它嚷

道。

嗜颅怪疯狂地跳动着，就好像我的话让它心花怒放。

砰——砰！砰——砰！

然后，它又一次从褐色变成粉红色，再变成西红柿般的鲜红。它一边呼吸，一边不停地变换颜色。

褐色，粉红，鲜红。

褐色，粉红，鲜红。

我把嗜颅怪从它的坟墓里抓了出来。它一下一下跳动得好厉害，竟然从我手里跳出去，摔在了地上。

"待着别动！"我尖叫一声，把它抓了起来。

嗜颅怪盯着我。一双圆溜溜的小眼睛闪着红光，充满邪恶。

我打了个哆嗦。

我咬紧牙关，把嗜颅怪塞进我新针织衫的口袋里。我慢腾腾地朝家里走去，穿过厨房的门，走进通往楼梯的门厅。

在楼梯脚下，我听见一个声音，是从爸爸妈妈的卧室传出来的。

他们已经醒了，我想。我必须赶紧上楼，不要让他们看见我，以免他们盘问来盘问去的。千万不要。

我飞快地跑上楼，一步两级楼梯。

咚！我脚下一滑，右膝盖重重地撞在地上。"哎哟！"

我尖叫起来。

我感觉到嗜颅怪在我口袋里颤抖，我听见了它难听的轻笑声。

嘿，嘿，嘿!

它在嘲笑我呢!

我猛地把它从口袋里掏出来，使劲地捏，捏得我手指生疼。然后我跑进自己的房间，把嗜颅怪扔进了沙鼠笼。

"我会想办法把你毁掉的。"我发誓说。我抚摸着隐隐作痛的膝盖，恨恨地盯着那个小怪物。"不等你给我们带来别的厄运，我就会毁掉你!"我大声说。

可是我该怎么做呢? 我苦苦思索。

我该怎么办?

15 路易丝姨妈

"孩子们，你们的路易丝姨妈明天要来，"第二天早晨，妈妈告诉我和丹尼尔，"所以我希望你们俩今天放学后把自己的房间好好收拾收拾。"

"路易丝姨妈要来?"我问，"太棒了!"

路易丝姨妈是我最喜欢的姨妈。她虽然是个大人，但是酷得要命。

她穿着长长的、印满大花的裙子，开一辆鲜黄色的敞篷汽车。

而且，路易丝姨妈还会把泡泡糖吹得特别特别大! 她还知道许多特别好玩的笑话。

妈妈说路易丝姨妈的脑子在云端里。我猜她的意思是说路易丝姨妈有丰富的想象力。我听说她确实知道许多关于占星术和塔罗牌之类的事情。

说不定她也知道——嗜颅怪的事情呢。

那天夜里，我收拾完房间，上床睡觉之前，对嗜颅怪道了一声特殊的晚安。

"我姨妈明天就要来了，她会帮助我永远摆脱你的。"我压低声音说。

它抬眼盯着我，轻轻地呼吸着。

第二天下午放学后，我和丹尼尔转过我们街区的拐角。我们看见路易丝姨妈的那辆黄色敞篷汽车已经停在车道上了。我们一路跑回了家。

"嘿——怎么回事？"路易丝姨妈看见我们冲进家门，喊道。她的黑色鬈发上戴着一顶松松垮垮的黄色草帽。

没等丹尼尔冲到她跟前，我就张开双臂搂住了路易丝姨妈，贴着她的耳朵轻声说："跟我到楼上去，快，超级重要。"

姨妈摘掉草帽，戴在我的头上。她欣赏着我戴草帽的模样。"超级重要？"她问。

"是的。"我轻声说，一边抓住她的手，把她往楼上拉。

"你听说过嗜颅怪吗？"我问。

"嗜颅怪？嗯，我得好好想一想。"她若有所思地回答，"没有，好像没有。嗜颅怪是什么？"

　　"是这样，"我解释道，"丹尼尔在百科全书上找到一幅图片，书上说这是一种古代的神话动物……"

　　"噢，如果是神话的，亲爱的，那就意味着它是不存在的。"路易丝姨妈打断我说。

　　"但它不是神话的！"我焦急地大声说，"我知道，因为我就有一只。而且它会制造麻烦，许多许多的麻烦。"

　　路易丝姨妈跟着我走向我的房间。

　　"你听说过烂犀吗？"我问。

　　她摇了摇头。

　　"这是那本百科全书里提到的另一种动物，它看上去像土豆，却长着满嘴尖牙。"

　　"我的天哪，听上去真令人恶心！"路易丝姨妈惊叫起来，"你快跟我说说这个……嗜颅怪。它是什么模样的？"

　　"来，我给你看。"说着，我把她拉进了我的房间。

　　我指着那个沙鼠笼。嗜颅怪蹲在笼子的角落里。

　　路易丝姨妈走近笼子。"这么说，你是一只嗜颅怪。"她说着便俯下身子，伸手去把它拿起来。

　　"慢着，"我喊道，"也许你不应该碰它。"

　　可是已经晚了。

16 粉身碎骨

路易丝姨妈把嗜颅怪拿起来放在手心里，她端详了它很长时间，然后她转向我："卡特，这只是一块干巴巴的海绵，有什么了不起的?"

"可是……可是……"我结结巴巴。

"哦，我明白了!"她笑了起来，"你真把我给蒙住了! 我还以为你是当真的呢!"她把嗜颅怪扔给了我。

我伸手去接，却又不愿意碰到它，嗜颅怪扑通一声落在地上。

"挺好玩的，孩子。"她哈哈笑着，转身离开，"你的想象力很丰富嘛，就跟你的姨妈一样。"

我捡起嗜颅怪，仔细端详。

没有热度。

没有呼吸。

一动不动。

干巴巴，硬邦邦。

一块普普通通的海绵。

路易丝姨妈以为我是在开玩笑，然而被捉弄的却是我自己。

嗜颅怪又一次捉弄了我！

我把这怪物狠狠地扔进了沙鼠笼，它毫无声息地躺在那里。"我希望你烂在里面！"我气冲冲地说。

可是，就在我惊愕的目光下，那块干巴巴的褐色海绵开始鼓胀起来。短短几秒钟，它就变得鼓鼓的、湿漉漉的了。

"呸！"我呻吟着，注视着它变成粉红色，又变成鲜红色。

嗜颅怪一鼓一鼓的。哇——哈！哇——哈！

那两只小小的黑眼睛兴奋地瞪着我。

嗜颅怪在轻轻地发笑。

它为什么这么得意呢？我真纳闷，并没有发生什么可怕的事情呀。

真的没有吗？

我想起爸爸从梯子上摔下来、那砸向我的树枝、万德豪夫人被夹的手指、杀手逃走、我的生日聚会被毁，还有我们那枯败的后院。

太多了。太多了!

我绝望地大喊一声,把那个邪恶的东西从笼子里抓了出来,狠狠地砸在我的书桌上。

我呼吸急促,心脏怦怦狂跳,抓起我最重的一本教科书,使劲地朝嗜颅怪身上砸去。

"去死吧!"我喊道,"求求你!去死吧!"

我把书高高举起,狠命地砸向嗜颅怪。

一下,一下,又一下。

我砸得那么狠,任何东西都别想活命。

最后,我停住手。我累得气喘吁吁,手臂酸痛,我低头看着我的成果。

呸!真令人恶心。

我书桌上散落着褐色和粉红色的嗜颅怪碎片。

我把嗜颅怪砸得粉身碎骨。

"好!"我上气不接下气地说,"好!"

终于,我终于毁掉了这个邪恶的怪物!

"好!"我又大喊了一声。

可是,喊声憋在我嗓子里出不来了。

那些粉红色和褐色的碎片开始移动——我惊恐地盯着,然后开始浑身发抖。

17 卡洛走了

"这不可能！"我轻声说。

然而事实摆在面前。

那些碎片——嗜颅怪的残片——在桌面上滑动，像蛇一样蠕动，滚到了一起。

又重新聚集起来。

形成一个褐色的圆球。一块海绵。

并没用多长时间，最多一分钟。

现在，嗜颅怪又抬起眼睛瞪着我了。而且它振动得那么厉害，我的书桌都跟着摇晃起来。

我惊愕得说不出话来，它残酷的轻笑声打破了沉默。

嘿，嘿，嘿！

"闭嘴！闭嘴！"我尖叫道。

可是它笑得更响了。

　　我气得发狂，从洗衣篮里抓起一只脏袜子。我用袜子把嗜颅怪兜起来，扔回了笼子里。

　　嘿，嘿，嘿！

　　我大喊一声，脸朝下扑倒在床上，用手捂住了耳朵。"难道我一辈子都摆脱不了这个厄运了吗？我能有什么办法呢？"

　　我是那样害怕，那样愤怒，那样困惑。

　　我甚至不能假装像平常那样快乐了。

　　路易丝姨妈带我和丹尼尔去冰激凌店时，我连一份小小的黄油糖浆圣代都吃不下。平常，我吃一个三层冰激凌都不在话下。

　　我怎么可能重新快乐起来呢？我被嗜颅怪缠住了——永远无法摆脱。

　　"醒醒，卡特！醒醒！"一个焦急的声音在我耳边轻声说。

　　我慢慢把脑袋从枕头上抬起来。"怎么啦？"

　　丹尼尔在我脑袋上方一英寸的地方晃动他的书包。"拿开！"我大喊一声，伸手去抓他的书包。

　　"嘿，我只是想帮助你，"丹尼尔一边回答，一边使劲把书包拽走了，"你上学要迟到了。你最好抓紧时间起床吧！"

他跑出了房间。

我掀开被子，冲到壁橱前。我穿上那件印有"拯救地球"的文化衫和紫色印花紧身裤。突然，我想起来了。

"丹尼尔，你这个小坏蛋！"我吼道，"我们今天不上学！今天老师开会！"

他把脑袋探进我的房间。

"你上当了！"他幸灾乐祸地说。

我抄起一个枕头朝他砸去，砸中了他的脸。准头不错！

"你真开不起玩笑。"丹尼尔哈哈大笑着说，"卡洛吃完早饭过来。我们可以玩《巨怪勇士》。"

我当着他的面把门重重关上了。

我一般不会在意丹尼尔的这些蹩脚的恶作剧。

一天不用上学，这总会让我心花怒放。

然而，我怎么可能尽情玩耍呢？我不停地猜想接下来会发生什么倒霉的事。

那个邪恶的嗜颅怪今天会带来什么厄运呢？

吃过早饭，我在后门廊闲待着，随手翻看一本杂志。我尽量不去理会丹尼尔和卡洛玩电脑游戏发出的尖叫声和狂笑声。

我真的很想念杀手。平常我看书时，它总是坐在我身边。

过了大约一个小时，我觉得无聊了，就决定上楼到我的房间去，完成我的社会课作业。

我必须按万德豪夫人的要求写一篇论文：我的家人，以及他们对我的意义。

可是我不停地想着嗜颅怪，想着它是怎样彻底毁了我的家庭的。

写了半天，纸上只有这么两行字："我是卡特利娜·默顿，我的家人对我非常重要。"

这样的文章肯定得不了"A"。而论文明天早晨就要交了。

我决定休息一会儿。我来到厨房，给自己倒了一杯巧克力牛奶，又抓了一把燕麦曲奇饼。

上楼回自己房间时，我朝书房里瞥了一眼。那里似乎非常安静。

我没有看见卡洛，只有丹尼尔在玩《水底探险》。

"卡洛呢?"我问。

"嗯。"丹尼尔回答，眼睛盯着电脑显示屏上闪动的潜水艇和鱼雷。

"我的问题对你来说太难了吗?"我讽刺地问，"那我放慢一点速度。卡——洛——呢?"

"回家了。"他含混地说。

"是不是你打沉的敌方潜水艇比他多，把他给气疯

了?"我开玩笑说。

丹尼尔没有回答。

我上楼走进自己的房间。我放下牛奶和曲奇饼,忍不住朝沙鼠笼里看了一眼。

可就是这一眼,竟然让我脖子后面的汗毛都竖起来了,并不是我看到了什么,而是我没有看到。

沙鼠笼里空了。

嗜颅怪不见了。

逃走了。

18 嗜颅怪失踪

它是怎么逃走的？嗜颅怪以前从来没有试图钻出那只笼子。

实际上，这块愚蠢的海绵似乎对去别的地方并不感兴趣。

那它现在为什么失踪了呢？它上哪儿去了呢？

它打算制造什么样的麻烦呢？

它不可能跑远，我对自己说，它没有脚。

我想张口喊丹尼尔，却紧张得发不出声音。

我开始疯狂地四处寻找嗜颅怪，我趴下来钻到床底下找。没有。

我把壁橱里的东西都掏了出来，我打开五斗橱的抽屉，也没有它的影子。

我翻遍了房间里的每一寸地方，我甚至大声喊它：

"嗜颅怪出来，嗜颅怪出来!"

没有。没有。那怪物不见了。

《怪物百科全书》上的话突然在我脑海里闪过："不管是谁，如果把嗜颅怪送人，不出一天就会毙命。"

"丹尼尔!"我尖叫道，"丹尼尔!"我冲下楼梯，冲进书房里。我抓住他使劲摇晃，把他手里的鼠标都晃掉了。

"嗜颅怪不见了!"我喊道，"它逃走了!"

丹尼尔把目光从电脑屏幕上转过来。"你说什么? 你说什么——不见了?"

"它不见了! 笼子空了!"我惊慌地嚷道。

丹尼尔的脸皱成一团，苦苦思索着。"我知道它在哪儿了，"他说，"卡洛。"

"什么?"我喊了起来，"你怎么能这样做? 你怎么能让卡洛把它拿走?"

"我没有让他拿走!"丹尼尔反驳道，"他肯定是走的时候把它顺走了。卡洛以为这是一个天大的玩笑。他说一块小海绵根本不可能做什么坏事。"

"真是个白痴!"我气冲冲地说，"也许我们应该让他留着嗜颅怪。这会给他一个教训—— 一个十分惨痛的教训!"

"卡特，我们不能!"丹尼尔大声说，"他是我最好的朋友。我们必须把嗜颅怪从他手里拿回来——免得发生什么可怕的事情!"

我和丹尼尔从门厅的壁橱里抽出外衣，然后跑到外面的车库。我们跳上自行车，顺着枫叶街飞快地骑去。

"你认为他去了哪里?"我大声问。

"我们到学校操场去看看吧，"丹尼尔建议道，"那里总是有一大帮孩子。"

"是啊，卡洛最爱臭显摆，"我没好气地说，"他大概直接到操场上去炫耀那个嗜颅怪了。"

"卡洛不爱臭显摆。"丹尼尔反驳道。

"鬼才相信!"我说。我拼命地蹬着脚踏板，超过了丹尼尔。

几分钟后，我骑到了榛子大街。"还有两个街区了!"我气喘吁吁地喊道。我放慢速度，让丹尼尔赶上来。

我转过街角。

"不，不!"我惊叫起来。

我捏住车闸，猛地停住。

是谁躺在马路中央?

是卡洛吗?

是的!

卡洛四肢张开趴在路上。

"我们来晚了!"丹尼尔喊道，"我们来晚了!"

19 骑车比赛

　　我和丹尼尔从车上跳下来，把自行车放倒在地上。我们俯身蹲在卡洛身边，呼喊他的名字。

　　"我，哎哟！"卡洛发出一声低低的呻吟，他抓住他的右腿。

　　"卡洛！"我上气不接下气地喊道，"怎么回事？出什么事了？你怎么样？"

　　卡洛小心翼翼地弯了弯腿，痛苦地皱起眉头。"我的膝盖疼得厉害。我从自行车上摔下来的时候把腿扭了。"

　　我举目四处打量，看见他的自行车倒在一棵树下。

　　"怎么回事？"丹尼尔声音发虚地问。我弟弟最见不得血。

　　"几个大男孩想跟我比赛，"卡洛呻吟着说，"其实我不想跟他们比——但他们拿话激我。"

他坐了起来，仍然揉着他的膝盖。"嘿，我骑得飞快！然后，唉，撞上一块石头——车子一滑，又撞到了树上。那些孩子都觉得特别好玩。他们没有管我，骑着车跑了。"

"丹尼尔，帮我把他扶起来。"我吩咐道。我们用胳膊搂住卡洛，扶他坐到马路牙子上。

然后我们也坐在那里，望着卡洛被撞坏的自行车。车把像金属大麻花一样拧成了一团。

"你知道吗？"最后卡洛说，"我根本没看见那棵倒霉的树，就突然撞了上去。"

丹尼尔看着我。我知道他心里的想法跟我一样。

嗜颅怪又使坏了。

我们必须把嗜颅怪找回来。

"卡洛，嗜颅怪呢？"我问。

"就在我的车筐里。"他指着说。

我走到拧成麻花的车把前，用手在车筐里摸索着。

摸了又摸。

可车筐里什么都没有，空空荡荡的。

"哦，卡洛，别闹了，"我抱怨道，"那里面没有嗜颅怪。它到底在哪儿？"我的声音又尖又响，我能感觉到我内心越来越紧张了。

"什么？它肯定在里面！"卡洛大声说，"我把它放在

里面的。我打算直接把它带回家。"

"得了吧，卡洛，"我厉声反驳，"难道你没有想过把它带到操场，给大家炫耀一下?"

卡洛垂下脑袋。"嗯，也就一两分钟吧。"

"太好了! 真是太好了!"我气愤地说，"就是因为你，嗜颅怪失踪了。"

丹尼尔凑到我身边，他害怕得脸色煞白。"我们必须找到嗜颅怪，卡特，"他轻声说，"还记得百科全书里的话吗，如果你一天之内找不到它，你就会死!"

"我记得。"我不禁打了个寒战，"可是我们怎么才能找到它呢? 它会在哪里呢?"

20 下水道里的眼睛

"我甚至不知道从哪儿开始找起。"我叹着气说。

"也许，在我撞到树上的时候，它从车筐里摔出去了，"卡洛提议道，"也许它滚到周围的什么地方了。"

丹尼尔拉了拉我的袖子。"走吧，"他催促道，"我们开始找吧。"

卡洛站起身来。"我得回家了。"说着，他一瘸一拐地走开了。幸好，他家就在下一个街区。

我和丹尼尔找遍了那个街区，大门边、汽车底下、花圃里——凡是嗜颅怪可能滚到的地方，我们都找遍了。

一无所获。

就在我们准备放弃的时候，我突然看见离卡洛自行车几英尺远的地方，有一个下水道。嗜颅怪是不是可能滚到那里面去了？

丹尼尔也看见了。"卡特，我猜它肯定滚到下水道里去了！就在那下面。我知道！"

我趴在人行道上，透过格栅朝下面黑黢黢的地方望去。

"下面太黑了，什么也看不见，"我说，"必须有人下去看看。"

"哦……有人？也许……也许我可以下去。"我弟弟用颤抖的声音说。

丹尼尔表现得挺勇敢，但我知道他害怕许多东西，比如黑黢黢的下水道。

在下水道里，他会吓得要死。

"算了，我来吧，"我说，"嗜颅怪对我更熟悉。"

我们搬起沉甸甸的格栅，我用我的运动鞋探了探，运动鞋碰到了下水道侧面一道狭窄的梯子。

"我想只有这条路能够下去，"我轻声说，"我下去。"

我慢慢地爬进那个漆黑潮湿的洞口。梯子的横档又湿又滑。下水道的四壁上积着一层厚厚的淤泥。

"这地方臭死了！"我朝上面喊道，"真不敢相信我居然做这种事情。"

吧唧！

到了下水道底部，我的运动鞋踩进了一堆稀泥般的东西里。

"可恶！"我喊道，一边把脚拔了出来。

"你没事吧？"丹尼尔在上面大声问。他的声音听起来远在十英里之外。

"没事，"我大声回答，"我好像踩到了一堆淤泥。哎呀，这下面真是漆黑一片。"

我又小心地把脚伸下去探了探，同时一只手紧紧抓住梯子——生怕一旦松手，就再也找不到回去的路了。

真是太黑了，我想。在这下面，我永远也不可能找到嗜颅怪。

就在这时，我听见了。

哇——哈！哇——哈！

一种呼吸声！

哇——哈！哇——哈！

嗜颅怪！可是它在哪儿呢？

我屏住呼吸，一动不动地站着。我拼命集中意念，想在这伸手不见五指的黑暗中，分辨那呼吸声是从哪儿传出来的。

哇——哈！哇——哈！

好像在我的右边？

我知道我必须走过去把嗜颅怪抓住，可是我又不敢放开梯子。最后，我决定数着步子走到那里，找到嗜颅怪——再数着相同的步子回到梯子这儿。

我使劲咽了口唾沫，放开了梯子。我走进黑暗中，开始数数。

　　"一……二……三……四……"

　　呼吸声听起来近一些了。

　　"五……六……"

　　我停住脚步，仔细听着。

　　"咦?"我大声对自己说，"那抓挠的声音是怎么回事?"

　　接着我看见了眼睛。

　　不是嗜颅怪那双小小的圆眼睛。

　　而是亮晶晶的大眼睛，有好几双。

　　都在黑暗中灼灼地瞪着我。

21 最后的寻找

抓挠声越来越响了。那些眼睛都死死地盯着我。

黄色的眼睛，在黑暗里闪闪发光。

我听见一个活物在地上乱爬。我感觉到一个热乎乎、毛茸茸的东西蹭着我的腿。

它们是浣熊吗？还是老鼠？

我不想知道。

又一个家伙蹭了我一下。它们都开始在下水道底部跑来跑去，发出刺耳的摩擦声。它们越来越烦躁不安。

我强迫自己呼吸。

转身。

拔腿奔跑。

快让我离开这里！我想。在它们进攻之前，让我离开这里！

我的运动鞋在潮湿泥泞的地面上一步一滑。

"请让我找到出去的路吧!"我在黑暗中跌跌撞撞地奔跑,一边暗自祈祷。

"哎哟!"

我的膝盖撞在了一个硬邦邦的东西上。

我失声喊叫,伸手想抓到一个东西靠一靠。

结果抓到了梯子。

"太好了! 太好了!"我高兴地喊道。

我不顾膝盖一跳一跳地疼,手忙脚乱地爬上黏糊糊的梯子横档。往上,往上,向着亮光往上爬。

"丹尼尔——快拉我出去!"我喊道。

丹尼尔探下身,抓住我的双手。他把我拉出了那个可怕的黑洞。

我跌倒在人行道上,如释重负地差点儿哭了起来。

丹尼尔一屁股坐在我身边。"你找到它了吗?"他急切地问, "你找到它了吗?"

我在牛仔裤上擦了擦满是淤泥的双手。"没有,"我对他说, "没有嗜颅怪。"

"应该让我下去,"他大声说, "我肯定能找到它。"

"你肯定会吓得半死!"我生气地回答, "那下面有动物,大概是老鼠,有几十只呢。"

"是啊,那还用说。"他翻了翻眼珠说,接着他叹了口气, "现在该怎么办呢?"他把一粒小石子踢到了马路对面。

我也叹了口气。"别担心——我们会找到嗜颅怪的。"

"怎么找呢?"他大声说,"我们连杀手都找不到,又怎么可能找到一块小小的海绵!"

我从没见过丹尼尔这么心烦意乱。"丹尼尔,警察会找到杀手的。我知道他们肯定会找到它。"我轻声说。

"我们肯定漏掉了那块海绵,"他不理会我的话,只管说道,"我们必须在每个地方再找一遍。"

我们又开始搜寻。在马路上,在草丛里,在篱笆后面,在大树底下。

就在我们准备放弃的时候,卡洛出现了。他走起路来一点问题也没有,他查看了一下被撞坏的自行车,然后开始和我们一起寻找。

太阳渐渐地落到树丛后面去了。空气变得凉爽。夜晚即将来临。

我一屁股坐在人行道上,觉得一筹莫展。

百科全书上的警告不断在我脑海里闪过。那可能吗?那会是真的吗?如果我们找不到嗜颅怪,我的生命真的到明天就结束了吗?

"找到了!"

丹尼尔兴奋的喊声打断了我恐惧的思绪。

"找到了!"我弟弟高兴地喊道,"我看见了!我看见嗜颅怪了!"

22 褐色的纸袋

丹尼尔撒腿就跑，速度飞快。

"太好了！"我的心欢跳起来，我从人行道上一跃而起，"你是整个宇宙间最棒的弟弟！"

我实在太兴奋、太高兴了，一把搂住了卡洛。"他救了我的命！"我喊道，"他救了我的命！"

"哎呀——你饶了我吧！"卡洛叫道，扭动身子挣脱了我。

我急忙朝丹尼尔追去。我注视着他弯腰去捡一个什么东西，一个圆溜溜的褐色的小东西。

可是一阵风吹来，把嗜颅怪从他面前吹跑了。

"喂——"他喊道，跟跟跄跄地在后面追赶。风又把嗜颅怪吹向了远处。

"抓住你了！"丹尼尔大喊一声，朝它扑了过去。

"快拿过来!"我嚷道。

"哦,倒霉。"他喃喃地说,一下子变得愁眉苦脸,"真是对不起,这不是嗜颅怪。"

我一把将那东西从他手里夺了过来。"哦,真的不是。"我沮丧地小声说。

不是嗜颅怪,只是一只褐色的纸袋子,被揉成了一个圆球。

丹尼尔把纸袋子扔到地上,狠狠地用脚踩踏。

我胃里一阵翻腾,我真的觉得恶心。

时间越来越少了,我想。我们还一点儿都不知道嗜颅怪会在哪儿。

一滴泪珠充盈在我的眼眶,我赶紧眨眨眼睛把它挤掉。我不想让丹尼尔和卡洛看到我有多么害怕。

紧张的情绪在我内心增长。如果我们找不到那个邪恶的怪物,我真的会死吗?

我突然幻想爸爸妈妈坐在那里伤心地哭泣,想念着我。我幻想路易丝姨妈哭喊着:"这一切都怪我。我没有相信她的话。"

我想象丹尼尔独自一人去上学。

丹尼尔难过地坐在马路牙子上卡洛的身边,我低头望着他。

就在这时,我产生了一个特别恐怖的念头。也许嗜颅

215

怪并没有丢失。

也许那个阴险的小怪物故意躲起来了。

躲起来，不让我找到。

这样它就能完成一个最邪恶的诡计。

躲够二十四个小时，然后我就会遭遇最可怕的厄运。

死亡!

卡洛突然一跃而起，吓了我一跳。他的黑眼睛里闪着兴奋的光芒。"我，我想起来了!"他大声喊道。

"想起来了?"我问道，"想起什么来了?"

他笑眯眯地看着我，一把抓住我的胳膊。"快，快走。我想我知道嗜颅怪会在哪儿了!"

23 黄头发男孩

"你还记得那些跟我比赛骑车的家伙吗?"卡洛问道,一边拉着我在马路上往前走,"就是那些在操场上玩的男孩。"

"记得啊,他们怎么啦?"我问。

"我猜准是他们中间的哪个人把嗜颅怪给捡走了。我记得好像——"

丹尼尔不等卡洛把话说完就跳上自行车,飞快地朝着操场骑去。

"我们快走!"他喊道。

我扶起我的自行车,骑上去追我弟弟。卡洛跟在我们后面跑,一边喊道:"等等我! 等等我!"

我们骑到操场,然后推着自行车朝棒球场走去。那些大男孩平常就在这儿消磨时间。

"他们在呢。"卡洛说，他指着一群轮流击球和接球的男孩。

"卡洛，"丹尼尔不安地小声说，"这些家伙人高马大的，他们看上去都上中学了。"

我看见两个大男孩站在棒球场边上。他们低着脑袋，盯着那个高个儿男孩手里的东西。

一个圆溜溜的褐色的小东西。

嗜颅怪！

我朝他们跑去。"喂，你们好吗？"我用我最友好的声音说道，"我知道这听起来像是说傻话，但你们拿走了我最喜欢的一块海绵。我可以把它拿回来吗？"

高个儿男孩眯起眼睛看着我。他的模样挺帅的，一双明亮的绿眼睛，浅黄色的直发垂到肩膀上。

"你最喜欢的一块海绵？"他学着我的话，然后咧嘴一笑，"对不起，你弄错了。这是我最喜欢的一块海绵。"

"不，真的，"我强调说，"是从那个男孩的自行车筐里掉出来的。"我指着卡洛，卡洛和丹尼尔站在远处看着我们，"我真的需要它。"

"你怎么能证明它是你的呢？"男孩问道，他把嗜颅怪在手里滚来滚去，"我没看见上面有你的名字。"

我眯起眼睛，用我最凶狠的目光瞪着他。"你最好把它还给我，"我威胁道，"因为这实际上不是一块海绵。

它是邪恶的。谁拿着它，它就会给谁带来厄运。"

"哦，可真把我吓坏了，"他取笑道，"也许对你来说是厄运——因为你不可能把它拿回去了!"

他把嗜颅怪在我脸前挥了挥，然后招呼他的朋友："喂，戴维，接着!"

他把嗜颅怪扔给戴维。"给，"他讥笑着说，"接住一个厄运吧!"

"喂，快给我!"我跑去抢嗜颅怪。但是海绵高高地从我的头顶上掠过去了。

他们哈哈大笑，来来回回地扔着嗜颅怪，每次都高高地掠过我的头顶，不让我够到。

他们玩得很开心，可我不开心。

他们这种愚蠢的把戏玩了十分钟，我放弃了。

好吧，我想，就让他们跟嗜颅怪玩吧。

他们很快就会发现，它才不会好好陪他们玩呢，我恶狠狠地想。

我一边退回来，一边朝两个大男孩喊道："你们会后悔的。"

黄头发男孩耸了耸肩膀，哈哈大笑，轮到他击球了，他匆匆跑了过去，一边夸张地把海绵塞进他屁股后面的口袋里——他知道我不可能拿到。

他走到击球区，蹲下身，摆好击球的姿势……

咚!

第一投就砸到了这家伙的脑袋上。

他的眼珠直往上翻，身子摇晃了几下，摔在了地上并倒在那里一动不动了。

"救命!"其他男孩大声喊道，"快来人啊——救命!"

嗜颅怪又使坏了，它又带来了厄运!

"他没事吧?"丹尼尔问，"他是不是——"

我没有回答。我看见嗜颅怪从那男孩屁股后面的口袋里滚了出来，掉在地上。

我冲过去，扑向那块邪恶的海绵。

可是我的手只抓住了一把枯草。

戴维——黄头发男孩的那个朋友——赶在我之前抓住了嗜颅怪。

"去追吧!"他喊道，把小怪物高高地抛向空中。

24 带嗜颅怪回家

我不顾一切地去抢。可是戴维比我高多了。他不费吹灰之力就把嗜颅怪接住了。

"给，拿去吧。"他说着把嗜颅怪扔给我，然后匆匆赶过去看他的朋友。

黄头发男孩已经坐了起来，揉着自己的脑袋。"我没事，"他不停地说，"真的没事。我好了。是什么东西砸了我?"

丹尼尔和我赶紧骑上自行车。卡洛在后面跟着跑。我把嗜颅怪扔进了我的车筐。

我骑车时，海绵怪物抖动得厉害极了，震得我的车筐都在摇晃。它的身体随着可怕的呼吸节奏，从红色变成黑色，又从黑色变成红色。

砰砰! 砰砰!

221

它在发出快乐的笑声。

嘿，嘿，嘿！

它好像对自己很满意。能把黄头发男孩砸晕，它简直高兴极了。

"你真令人恶心！"我喊道，"我要把你带回家，把你关在那个笼子里！"

我飞快地蹬着自行车，为了加快速度，我把身体俯了下去。回家，我想。赶紧回家。

我像风一般骑过橡树大街，埋着头，身体俯在自行车上。我越骑越快，越骑越快。

风把我的头发刮进我的眼睛里。

我听见丹尼尔在后面大声喊叫。

但我骑得太快了。风呼呼地在我耳边刮过，我听不见丹尼尔在说什么。

我又听见他在喊叫。

接着，我听见了刺耳的喇叭声和尖厉的刹车声。

我一转身，看见一辆黑色和银色相间的大卡车在街上开过来，眼看就要像碾臭虫一样把我碾得粉碎。

25 在厨房

我使劲捏住车闸。

卡车在我身后打滑，轮胎摩擦着人行道，那声响震耳欲聋。

我的自行车猛地停住——我摔了下来。

胳膊肘和膝盖重重地磕在人行道上。

自行车撞在马路牙子上，翻倒了。

我滚到了草地上。

卡车来了个急转弯，轮胎发出刺耳的声音，停下了。

还差不到一英尺就撞上我了。

我颤颤巍巍地爬了起来，站在马路的一侧，吓得动都不敢动。

我转过脸，看见卡车司机猛地打开了驾驶室的门。

"你在大马路上搞什么名堂？"他冲我嚷道，"我差点儿就把你轧死了！你家大人知道你在外面这样胡闹吗？"

太好了，我气呼呼地想。这家伙先是差点把我碾成肉饼，这会儿又冲我大吵大嚷。

"对不起！"我大声说。

我还能说什么呢？

我等着卡车司机倒车，然后他把车开走了。

我的脑海里一直在想：没完没了的厄运。我一辈子都摆脱不了的厄运。

我大声对丹尼尔和卡洛说我没有事。然后我迅速骑过橡树大街，拐上了枫叶街。

只有两栋房子了，我想。我蹬得更加起劲了。

梆！

我的前轮撞到了什么东西，大概是一个破瓶子吧。

自行车翻倒在一边，我也跟着摔倒了。

"哎哟！"我喊道。我在地上待的时间真够长的，我想。

我检查了一下轮胎。彻底毁了。

厄运，没完没了的厄运。

嘿，嘿，嘿！我听见嗜颅怪邪恶的笑声。

这声音使我怒火中烧。我狠狠踢了一脚自行车，脚指头撞在了金属轮圈上。

"哎哟！"我抓住我的脚连声惨叫。

厄运，没完没了的厄运。

我气得大吼一声，一把抓住邪恶的海绵，扔到了地上。然后我跳上自行车，朝着嗜颅怪碾了过去。

来来回回地碾，来来回回地碾。

把这邪恶的怪物碾到地里去。

"停！停！"丹尼尔喊道，骑着车来到草地上，"你不可能弄死嗜颅怪。你这样只会遂了它的心愿。"

我气呼呼地瞪着弟弟。我拼命地喘着粗气。

"你看看它！"丹尼尔用手指着喊道，"嗜颅怪越来越兴奋了。你不仅没有伤害到它，而且是在帮它！"

我低下头看着嗜颅怪。它比以前抖动得更厉害了。那双丑陋的小眼睛里射出一种邪恶的光。在夕阳映照下，它那血红色的身体闪闪发亮。

嘿，嘿，嘿！

冷酷的轻笑声划破空气，就像指甲在黑板上刮擦。

我抓起自行车，推着走到我们家的车道上，然后我让车倒在柏油路上。

我跑到嗜颅怪身边，用一只手把它紧紧抓住，拿进了家里。

丹尼尔在后面紧紧跟着。"现在你打算怎么办呢？"他问。

"你看着吧。"我说，然后走进了厨房。

我的心怦怦地跳着。我感觉到热血冲上了我的太阳穴。

我把嗜颅怪塞进了厨房水池的下水道，然后我抓起一把木铲朝嗜颅怪捅去，把它捅进了管道深处。

丹尼尔站在我身边，默默地注视着。

我把热水开到最大，接着按下了水池旁边的一个开关，笑眯眯地看着弟弟。

垃圾处理器开始发出咕咕的声音。

咕咕声变成了嘎嘎声。

嘎嘎声变成了隆隆声，那些碾磨刀片开始工作了。

"好!"我高兴地大声说，"很好!"

几秒钟后，垃圾处理器就把嗜颅怪碾得粉碎。

"这样就结束了，"我听着下水道被清理干净的声音，开心地叹了口气，对丹尼尔说，"冲进下水道! 太好了!"

卡洛跑进了厨房。"出什么事了?"他气喘吁吁地大声问，"嗜颅怪呢?"

我微笑着转向卡洛。"它消失了。嗜颅怪消失了!"我眉飞色舞地宣布道。

接着，我听见弟弟吃惊地倒吸了一口冷气。

我看见他盯着水池，猛地张大了嘴巴。"没有，没有消失。"他的声音很低，低得我几乎听不清，"没有，它没有消失。"他用耳语般的声音又说了一遍。

26 《怪物百科全书》

我低下头看着水池。

我立刻明白是什么把丹尼尔吓成了这样。

热水开始往回涌。

从下水道里咕咕地泼溅出来,就好像有什么东西在用力地推它。

热水剧烈地翻腾着——从下面的管子里呼呼地涌出来。

"真不敢相信!"卡洛喊道。

嗜颅怪冒了出来,在翻腾的热水中上下浮动。

它还活着,仍然是完整的,而且已经变成了耀眼的紫色,一种可怕的紫色。我惊恐地低头瞪着它,它在水池里剧烈地冲撞。

"不!"我失声尖叫,"这不可能!你不可能回来!!

不可能!"

我一把抓住湿漉漉的嗜颅怪,用全身的力气狠狠地捏它。

一股水流从滑腻腻的怪物身体里挤出来,落进水池。

我捏得越紧,嗜颅怪身上越热。

越来越热,越来越热,最后……

"哎哟!"它变得滚烫,我把它扔了出去。我赶紧把双手伸到凉水下面冲一冲。

嗜颅怪歇在水池边缘。它快乐地突突跳动着,斜着一双阴森森的小眼睛看着我,发出一串邪恶的笑声。

"丹尼尔,卡洛,"我呻吟地说,"肯定有办法弄死这个家伙!肯定有的!好好想想,伙计们!"

然而,他们俩只是默默地盯着突突跳动的嗜颅怪。

"快点,丹尼尔——想一想!"我在丹尼尔面前挥着一只手,"帮帮我!我是彻底没辙了。"

突然,丹尼尔的眼睛里放出了光亮。"我有一个主意。"他轻声说。

他冲出厨房。"我马上就回来。"他喊道,然后就跑了,留下卡洛和我跟那个可恶的怪物待在一起。

"我恨你!"我朝嗜颅怪喊道。可是我的愤怒似乎使它跳动得更剧烈了。

片刻之后,丹尼尔又冲进了厨房。"没准儿这能管点用。"他大声说，把《怪物百科全书》放在厨房的桌上。

"我从图书馆借来的，"他解释说，"我想我们可能用得着。"

他开始在索引里寻找"嗜颅怪"。

"哦，丹尼尔，"我无精打采地叹了口气，"那本书里关于嗜颅怪的内容，我们已经都读过了。它帮不了我们。"

"说不定你们漏掉了什么重要的内容呢。"卡洛说。

丹尼尔迅速地翻着百科全书。"这个部分是讲怎么杀死嗜颅怪的，"他说，"我们听听它怎么说。"

他开始念道："嗜颅怪是杀不死的——用武力或其他暴力都无济于事。"

"就这一句?"我问道，"没有别的了?"

丹尼尔啪地把书合上。"没有了。"他沮丧地回答，"卡特，它真的是杀不死的。它是世界上最邪恶的怪物，而且是杀不死的。用武力杀不死，用暴力杀不死，用什么都杀不死。"

"用武力杀不死，"我重复着他的话，脑子里在拼命思索，"用暴力杀不死。"

我盯着那个突突跳动的紫色怪物。

"嗯。"我忍不住露出了微笑。

"卡特，你是怎么回事?"丹尼尔问道，"你脑子彻底坏了吗? 你笑什么呀?"

　　"因为嗜颅怪可以被杀死，"我大声说，"我终于想明白应该怎么做了。"

　　"什么？"卡洛叫了起来，"你真的想明白了？"

　　"你准备怎么做？"丹尼尔问道，"你没法杀死它。它总是会活过来的。"

　　我摇了摇头。"等着瞧吧。"我回答。

　　我需要把我的计划彻底想清楚，然后再向他们解释。

　　实际上，这个计划特别简单。

27 催眠曲

我虽然心里极不情愿，但还是从水池边拿起突突跳动的嗜颅怪，温柔地捧在手心里。

我轻轻地拍着这个丑八怪皱巴巴的脑袋，柔声细语地对它唱歌：

"睡吧，晚安，小小的嗜颅怪，我爱你。甜甜地睡一觉，小小的嗜颅怪，啦啦啦，啦啦啦。"

"卡特，我真替你担心，"丹尼尔叫苦不迭，"别这样，好吗？你脑子有点乱了。你需要躺下来休息。"

但我还是尽量用甜蜜的嗓音唱着。

"她在做什么？"丹尼尔问卡洛，"你明白吗？"

卡洛摇了摇头。

我不理睬他们。

我必须集中心思。

　　我强迫自己慈爱地抚摸嗜颅怪，我把这黏糊糊的怪物紧紧地搂在怀里——就好像它是一只毛茸茸的小狗仔。

　　我对着它的耳朵低声哼唱：

　　"小小嗜颅怪，乖乖嗜颅怪，你多么漂亮，多么可爱，多么奇妙。我爱你啊，嗜颅怪。"

　　"卡特，求求你别这么做，"丹尼尔请求道，"你弄得我心烦意乱。我真的替你担心呢，卡特。"

　　"你怎么能抚爱这玩意儿呢?"卡洛问道，"它太恶心了!"

　　"可爱的，嗜颅怪，"我轻声说，"甜甜小可爱。"我温柔地搂着它，抚摸着它皱巴巴的皮肤。

　　如果这一招不管用，那就彻底完了，我对自己说。

　　"我要去叫爸爸妈妈。"丹尼尔威胁道，他开始后退着朝厨房门口走去。

　　"嘘!"我把一根手指竖在嘴唇上，然后指了指我怀里的嗜颅怪，"伙计们，快看。"

　　嗜颅怪的剧烈跳动变成了一种缓慢而温和的振动。

　　我继续唱歌，声音轻柔、温和而甜蜜。

　　我们都吃惊地注视着嗜颅怪的颜色变浅了，从红色变成粉红色——最后变成了那种普普通通的褐色。

　　"哇!"丹尼尔吹起了口哨。

　　"注意看着。"我紧紧地搂着嗜颅怪说道。我又唱了一首催眠曲。

嗜颅怪发出一声低低的叹息。我可以看见它在抽缩，看见它在我怀里变得干瘪。

它的眼睛闭上了。干巴巴的褐色皮肤把它们盖住。

"它……它越来越虚弱了，卡特。"丹尼尔兴奋地小声说。

"注意看着。"我对他说，然后我柔声细语地对嗜颅怪说，"乖乖的小嗜颅怪。多么可爱的嗜颅怪。"我像摇晃小宝宝一样摇晃着它。

嗜颅怪的呼吸越来越慢……越来越慢……然后停止了。

嗜颅怪毫无生气地躺在我的手里，没有声音，没有跳动，没有抽搐。

"好了，你们看看吧！"我大声对丹尼尔和卡洛说。

我把这块皱巴巴的海绵举到面前——给了它一个大大的吻。

28 "它回来了!"

两个男孩厌恶地做了个鬼脸。

但我知道自己在做什么。

我把嗜颅怪从我的面前放下,仔细打量着它。

"啊——"海绵长长地、慢悠悠地叹了口气——缩成了一个圆圆的小球。

我深吸一口气,使劲一吹。

小球被吹散了,干干的褐色粉雾飞散到空气中。

我注视着那些羽毛般的粉雾飘飘悠悠地落到地板上,然后我拿一条毛巾擦了擦手。"大功告成。"

"它,它不见了!"卡洛大声宣布。

"这是怎么回事呢?"丹尼尔问道。

"其实,这个主意还是你帮我想出来的。"我对他说。

"是吗?"

"是啊，"我回答，"你读百科全书上的那部分内容，说用武力和暴力都不能杀死嗜颅怪。"我笑眯眯地说，"我脑子里就一直在琢磨这句话。终于，我想出来了。"

"想出什么来了?"卡洛问。

"我知道用武力和暴力是杀不死嗜颅怪的，"我解释道，"那么如果反过来呢? 我想大概从来没有人试过好好地对待它。"

两个男孩屏住呼吸，默默地盯着我。"于是我就想出来了：摧毁嗜颅怪的秘密就是善待它，"我继续说道，"果然成功了。嗜颅怪太邪恶了，别人一爱它，它就受不了啦。"

"哇!"卡洛压低声音赞叹道。

"太精彩了!"丹尼尔喊道，"幸亏我提供了这个主意。"

"是啊，真了不起，我们家出了一个天才。"我讥讽地说。

我把手伸进屁股后面的口袋，掏出我过生日的时候奶奶寄给我的十二美元。"我们吃冰激凌庆祝一下，怎么样?"我笑嘻嘻地建议道。

"太好了!"两个男孩高兴地喊道。

"也许我们真的要时来运转了，"我对丹尼尔说，"我想我们肯定会成为这个街区最幸运的一家。"

235

突然，我听见了，又是那种熟悉而可怕的呼吸声。

我赶紧转过身，面对房门。

"那是什么?"我喊道，我的心陡地往下一沉，"你们也听见了吗?"

是的，我们都听见了。

我感到嗓子变得很干。我的后背掠过一丝冰冷的寒意。

呼吸声越来越响。

越来越近。

"我没有杀死它，"我呻吟着说，"它回来了。它回来了!"

29 有牙齿的土豆

丹尼尔一把抓住我的手。我看到他的脸上充满了恐惧。

卡洛从门口退了一步。他继续往后退，最后撞到了厨房的操作台上。

我们在厨房里缩成一团，不敢动弹，不敢过去看个究竟。

"没有别的办法，"我终于哽着嗓子说，"既然它回来了，我们就只好放它进来。"

我深深吸了口气。两条腿似乎已不肯听我的使唤，它们沉甸甸的，好像灌满了铅。

但我强迫自己朝后门走去。

我的整个身体都在颤抖，我抓住球形门把手，把门拉开了。

"哦!"我发出一声惊愕的喊叫。

杀手抬头看着我,呼哧呼哧地喘着气,疯狂地摆动着它的短尾巴。

"杀手!"我高兴地喊道,"你回来了!"我弯下腰去拥抱它,但小狗从我身边冲进了厨房。

丹尼尔开心地叫了一声,把不断扭动的小狗拉进了怀里。杀手伸出舌头,把丹尼尔的脸舔得湿乎乎的。

"我们的运气改变了!"我宣布道。

我朝门外望去。

哇!葱绿苗壮的青草覆盖了地面。就在我注视的当儿,花朵抬起它们耷拉的脑袋,重新绽放出姹紫嫣红的色彩。

嗜颅怪施展的所有邪恶似乎都在消失。

我把杀手抱起来,使劲搂了一下。"杀手,杀手,"我低声哼唱道,"我们摆脱了嗜颅怪。"

"快走吧,"丹尼尔喊道,"该去吃冰激凌了!"

我把杀手放回到地板上,亲了亲它的脑袋。"乖狗狗,我们很快就回来。"我说。

"去冰激凌店!"丹尼尔大喊着冲到门外,"我们来比赛!"他一边喊一边往街上跑去,"谁赢了谁就吃一份三层圣代!"

我和卡洛拔腿去追丹尼尔。我飞快地摆动两条腿,冲到了最前面。

可是在最后一秒钟，丹尼尔把我推开，抢先拉开了餐厅的门。"我赢了！"丹尼尔高兴地喊道。

我们匆匆走进冰激凌店。"三位。"丹尼尔笑嘻嘻地说。女招待给我们找了座位，递过菜单，开始擦桌子，用的是一块……海绵！

"呸！快把那东西从这里拿走！"丹尼尔尖叫道。

女招待摸不着头脑。我们都笑了起来——几个星期来第一次开怀大笑。

"别理睬我弟弟，"我说，"他对海绵过敏。"丹尼尔在桌子底下踢了我一脚，而我则使劲掐了他一把。

女招待翻了翻眼珠，然后记下我们点的东西。

我们狼吞虎咽地吃着圣代，我这才发现我有多饿——我有多开心。

嗜颅怪消失了——永远消失了。

我们吃得太饱了，简直是一步步挪回了家。

"杀手。过来，狗狗！"我推开后门，走进厨房。

"喂——杀手？快过来！你看到我们不高兴吗？"

杀手没有转过身来。

它站在水池边，摇着尾巴，汪汪直叫。它把鼻子贴在柜门上，想把柜子打开。

"好吧，杀手。我们已经吃过冰激凌，现在轮到你享受美餐了。"我说。

我把一碗新鲜的狗粮放在地上——又加了几小片昨晚剩下来的火鸡肉。

"来吧，杀手。开饭了！"我喊道。

可杀手只管对着水池下的柜子汪汪大叫。

怎么回事？这只狗从来不会对吃的东西不闻不问，我想。

"杀手，"丹尼尔说，"你在那下面做什么？杀手？"

我弯下腰，拍了拍小狗的后背。"杀手，那里什么也没有。嗜颅怪消失了。"

然而杀手还是汪汪大叫。

"好吧，好吧，"我替小狗拉开柜门，"看见了吗？"

杀手把脑袋伸了进去。

我抓住它脖子后面的皮毛，把它拎了出来。它牙齿间叼着一个什么东西。

"那是什么呀，狗狗？"丹尼尔问。

杀手把它发现的东西吐到地板上，抬头望着我。

我把那东西捡起来。哦！硬邦邦的，凹凸不平。

"这是什么？"丹尼尔凑过来问道。

我放心地舒了口气。"没什么大不了的，只是一个土豆。"

我刚要把它递给丹尼尔。

可是，有个尖东西刺痛了我的手指。

"哎哟!"我惊讶地喊了一声。

我让土豆在手掌里翻滚了一下。

它热乎乎的，我能感觉到它在呼吸。

"丹尼尔，我不喜欢这东西的样子。"我喃喃地说。

这土豆竟然有一张嘴，里面全是牙齿。

预告

我的头在哪里

（精彩片段）

3 希尔城堡

希尔城堡是瀑布镇最有名的旅游景点，实际上，也是唯一的景点。

也许你曾经听说过希尔城堡，很多书里都介绍过它。

每隔一个小时，那些身穿黑色制服，看上去有些诡异的导游们就会带着游客们参观城堡。那些导游的一举一动着实有些吓人，还不停地讲关于这城堡的可怕故事。其中有些故事吓得我直打寒战。

我和斯蒂芬妮很喜欢去参观城堡，特别是和奥托一起，他是我们最喜欢的导游。

奥托是个身材魁梧、面目凶悍的光头男人，一双小小的黑豆眼好像能把人看透了似的。他嗓音低沉，声音像是从他那巨大的胸腔深处发出来似的。

奥托带着我们从城堡的一个房间走到另一个房间，

有时他会故意压低声音说话，要是不使劲竖起耳朵，根本就听不清他在说些什么。有时，他会突然瞪起小豆眼，用手指着，尖叫道："幽灵！就在那儿！"

我和斯蒂芬妮也会跟着尖叫起来。

奥托笑起来的样子也让人心里发毛。

我和斯蒂芬妮经常往城堡里跑，差不多都可以当导游了。每一个阴森可怕的老房间，幽灵出没的每一个地方，没有我们不知道的。

真的幽灵！

我们就喜欢这种地方！

你想不想听希尔城堡的故事？好吧，下面就给你讲讲我从奥托、埃德娜和其他导游那里听来的故事：

> 希尔城堡已经有两百多年的历史了。自从建造它所用的那些大石块运来的那一天起，这里就已经有幽灵出没了。

> 这座城堡是一位年轻的船长特地为他的新娘建造的。可就在城堡竣工的那天，船长接到任务出海了。

> 他年轻的妻子只好独自一人住进了这座巨大的城堡。那里面冷冰冰、阴森森的，房间和走廊似乎都看不到尽头。

　　日复一日，年复一年，妻子坐在卧室的窗前，看着对面奔流不息的河水，耐心地盼望着船长的归来。

　　冬去春来，寒暑交替，过了一年又一年。

　　船长一去不复返。

　　他在大海上失踪了。

　　船长失踪一年后，一个幽灵在希尔城堡的大厅里现身了。那就是年轻船长的幽灵。他离开了死去的躯体，回来寻找自己的妻子。

　　每个深夜，船长的幽灵都在狭长而曲折的走廊里游荡，手里提着一盏灯，不停地叫着妻子的名字："安娜贝尔！安娜贝尔！"

　　可安娜贝尔从来都没有答应。

　　她伤心欲绝，早已逃离这座老房子，再也不想看到它了。

　　后来，另一家人搬进了这座城堡。许多年过去了，不少人都听到过那幽灵在深夜里的呼喊声："安娜贝尔！安娜贝尔！"那凄凉的声音在城堡曲折的走廊和阴冷的房间里回荡。

　　"安娜贝尔！安娜贝尔！"

　　人们总能听到这凄惨可怕的叫喊声，但却从来没人看见过船长的幽灵。

后来，也就是在一百年前，一户姓克鲁的人家买下了这座城堡。他家有一个名叫安德鲁的十三岁男孩。

安德鲁是一个讨人嫌的捣蛋鬼，总爱跟仆人们开些恶毒的玩笑，把他们吓得魂不附体。

有一次，他把一只猫扔出了窗外，结果猫安然无恙，这竟令他大失所望。

就连安德鲁的爸爸妈妈都受不了他的坏脾气。他只好整天一个人待着，在这座老房子里四处转悠，到处惹是生非。

一天，他发现了一间自己从来没进过的屋子。他伸手一推那扇沉重的木门，嘎吱嘎吱的响声不绝于耳。

然后，他走了进去。

只见一盏小提灯在小木桌上散发出微弱的光。除此之外，偌大的一个房间里没有其他任何家具，木桌旁也没有人。

真怪，他心想，为什么在这个空房间里会有一盏亮着的灯呢？

安德鲁走到那盏灯旁边，刚准备捻灭灯芯，幽灵突然出现了。

就是那个船长！

多年过后，船长已经变成了一个可怕的老怪物。他惨白的长指甲卷曲着，破碎的黑牙齿从肿胀干裂的嘴唇间突出来，乱蓬蓬的白胡子把他的脸挡得严严实实的。

男孩惊恐万状地盯着他。

"你……你是谁？"他结结巴巴地问。

幽灵一声不吭，在昏暗的灯光中飘来荡去，双眼死死地盯着男孩。

"你是谁？你想干什么？你为什么会在这里？"男孩战战兢兢地问道。

幽灵还是一言不发。安德鲁转过身——想要逃出那个房间。

可没等跑起来，他就已经感觉到脖子后面有一阵幽灵冰冷的气息掠过。

安德鲁想要抓住木门，可那个老幽灵围着他直打转，在昏暗的灯光里，就像一团黑色的烟雾把他团团围住。

"不！不！"男孩尖叫起来，"放我走！"

幽灵张开大嘴，活像是一个黑暗的无底洞。幽灵终于开口说话了——声音很轻，就像是枯叶在沙沙作响。

"既然看见我了，你就不能走。"

　　"不！"男孩尖叫道，"放我走！放我走！"

　　幽灵根本不理会男孩的哭喊，干巴巴、冷冰冰地重复着那句话："既然看见我了，你就不能走。"

　　老幽灵抬手抓住了安德鲁的脑袋，冰一样的手指罩住了他的面孔，越来越用力，越来越用力。

你知道接下来都发生了什么吗？

预告

灵 偶 Ⅲ

（精彩片段）

21 晚会搅了

"到底是怎么搞的嘛？"爸爸喊了起来。他把破破烂烂的相机往床上一扔，一个箭步冲出了房间。

其他人也都急匆匆地跟着出了门，一边议论，一边往楼下走去，楼梯上发出一阵咚咚咚的脚步声。

我转过身去，对丹尼说："你还认为这一切是赞恩干的吗？"

丹尼耸耸肩，说："没准儿。"

"不可能，"我对他说，"赞恩绝对不可能把自己的相机摔坏。他特别爱惜那东西，不可能为了陷害咱俩，亲手把相机弄坏。"

丹尼用困惑的眼神看着我。"那我就不知道了。"他小声说着，看得出来，他脸上掠过一丝恐惧。

我们同时走到卧室门口，一起往外走。接着，我带头

冲到过道，跑下楼去。

快要走近餐厅时，我强压着紧张的心情。

我知道，这屋子里发生了一些非常奇怪的事。爸爸说得对，这已经不能算是恶作剧了。

把赞恩的房间弄得乱七八糟，那不是开玩笑，而是干坏事。

毁掉赞恩的相机，也是干坏事。

一想到罗基，我心里就发慌。木偶无处不在，哪儿有坏事，哪儿就有罗基。

特丽娜，别再胡思乱想了！我责备起自己来。别再把一个口技木偶想得那么邪恶。

这种想法太荒唐了。实在是乱七八糟。

可我还能怎么想呢？

我的喉咙抽紧了，嘴突然干得要命。

我深深地吸了口气，向餐厅走去。

爸爸正站在餐厅门口，用手搂着妈妈的肩，而妈妈则把头埋在爸爸的臂弯里。

她哭了吗？

是的。

客人们都靠墙站着，纷纷摇头，个个都很困惑，表情严肃。他们呆呆地看着这场灾难，轻声议论着什么。

是的，这确实是一场灾难，一场可怕的灾难。

看看餐桌就知道了。

大盘子被掀翻了，爸爸做的扇贝土豆全撒在桌上，有些土豆甚至糊到了墙壁和瓷器柜上。

地上和椅子上到处都是沙拉，面包被揪成了小块，撒满了整个桌子。鲜花折断了，花瓶打翻了，水从桌布一直流到了地上。

玻璃瓶全都翻倒了，一瓶红葡萄酒也倒了，暗红色的酒流了一桌。

我听到妈妈在抽泣，爸爸正在低声地安慰她。客人们都摇着头，从他们的表情可以看出，他们感到很难过，很担心，也很不解。

正在这时，丹尼拽了拽我的肩膀，用手指向桌子的前端。我看见，餐桌前坐着两个木偶。

威尔伯和新来的木偶——笑面人。

他们坐在桌子旁，相视而笑，手里拿着酒杯，像是在庆贺，像是在举杯。

22 笑面人复活

那天晚上，我和丹尼又一次藏到了阁楼的沙发后面。阁楼里漆黑一片，一点声音也没有，就连身边的丹尼我几乎都看不清。

我们都穿着睡衣。阁楼里又干又热，可我的手和脚却冰冷冰冷的。

我们背靠沙发，腿直直地伸在地板上，小声说着话。我们在等待，在倾听，倾听每一声响动。

已经快到午夜了，可我一点睡意都没有。我很警觉，做好了应付任何事情的准备。

准备再次当场抓住赞恩。

这次，我还带上了我自己那架小闪光灯相机。赞恩一上楼来取木偶，我就要把他拍下来。这样，我就可以把它作为证据，证明给爸爸妈妈看了。

没错，最后我感觉丹尼说得对。赞恩就是那个毁了我们家的人。正是他毁了我们的家，吓坏了所有的人，让所有人都以为木偶复活了。

"可这是为什么呢？"我小声对丹尼说，"难道是上回咱们把赞恩吓得太厉害了吗？难道就因为这样，他才会不惜一切代价报复咱们吗？"

"他有病，"丹尼嘟囔道，"这是唯一的解释。他彻底昏头了。"

"真是昏得够彻底的，连自己的相机都不要了。"我摇摇头，喃喃地说。

"是啊，是昏得不轻，竟然还跑到楼下，把餐厅给砸了。"丹尼附和道。

餐厅。我就是根据餐厅里发生的一切才认定是赞恩干的。

当时，大家全都在楼上，都在看他那被毁坏的相机。

只有赞恩一人下了楼。

他是家里唯一有可能毁坏餐厅，搅黄晚餐会的人。

当然啦，他总得表现出一副惊恐万状、惊愕不已的样子，他当然得表现出对一切全然不知的样子。

这个晚上简直是糟透了。

客人们都不知对爸爸妈妈说些什么才好。这事确实怪得有些吓人，没有一个人能解释得通。

客人们都帮着收拾残局，食物全被糟蹋了，根本没法吃。不过，大伙也都没什么胃口了。

餐厅一收拾干净，大家纷纷起身告辞。

最后一位客人一走，我便转向丹尼。"看着吧，"我小声说，"很快就要开家庭会议了。咱俩要被痛骂一顿了。"

但我错了。妈妈很快就回自己房间去了，爸爸说他很烦，不想跟任何人说话。

卡尔叔叔问爸爸，要不要他开车出去买些炸鸡或三明治之类的东西回来。

爸爸眉头紧锁，看了他一眼，跺脚走开了。他把笑面人和威尔伯放回到阁楼后，重重地摔上了阁楼的门，然后走进卧室去安慰妈妈。

赞恩转向他爸爸："我……我简直不相信，我的高级相机就这样被毁了。"

卡尔叔叔一手搂着赞恩的肩膀，说："我相信，你丹尼伯伯会从他店里拿一架新相机送给你的。"

"可我还是喜欢我原来那架！"赞恩哭着说。

就在这个时候，我确信赞恩与这一切脱不了干系。他是一直在假装，一直在我和丹尼面前演戏。

但我不会再上他的当了。连门儿都没有。

我特地看了看我的小相机，确保里面还有胶卷。然后，我和丹尼爬上阁楼，等着在黑暗中抓住赞恩。

我们要永远结束发生在我家的灾难。

我们没等太久。

大约半小时后，我听见地板上响起了轻轻的脚步声。

我屏住呼吸，整个身体都变得很紧张，差点把相机掉在地上。

在我身边，丹尼双膝跪在地上，支撑起上身。

我的心怦怦直跳，爬到沙发边上。

噼里啪啦……凌乱的脚步声在光滑的地板上响起。

我看见一个黑影弯下腰，从椅子上拿起一个木偶。

"是赞恩，"我轻声对丹尼说，"我就知道！"

虽说很黑，但我还是能看见他拿着木偶，朝楼梯口走去。

我站起来，双腿有些发抖，但动作还是很麻利。

我举起相机，走到沙发前面。

按下了快门。

一道白光闪过。

我又拍了一张。

又一道白光闪过。

在白光中，我看见罗基垂挂在赞恩的肩上。

不！

不是赞恩！

259

不是赞恩！不是赞恩！

在白光中，我看见罗基垂挂在另一个木偶的肩上。

笑面人！那个新来的木偶。

那个新来的木偶正拖着脚步，朝楼梯口走去，肩上扛着罗基！

神探赛斯惊险档案

10

金字塔归来

　　神探赛斯进入了埃及金字塔，不幸的是，他的左臂受到了放射性物质的侵袭，生命垂危。

　　赛斯被送进了市里最好的医院——可医生们还是宣布了一个遗憾的消息：由于放射性物质的严重伤害，他们只能截去赛斯的左臂。

　　虽然赢得了"拯救世界文物英雄"的称号，赛斯先生却成为一个独臂人。

　　失去左臂的最初几个月，他的身体平衡感很差，常常一不小心就摔倒，总是磕磕绊绊的。因此，神探赛斯远离了他所钟爱的考古、侦探和冒险生涯，以讲课和心理咨询度日。

　　一天，他接到了好友乔纳森博士的电话，得知了一个好消息！

　　"恭喜你，赛斯！"博士兴冲冲地

说道，"我刚刚研制出一种新型的神经发射控制器，简单地说吧，我可以为你制造出一条假臂，它与众不同的地方在于，可以和你的大脑脊椎反应完全合拍。也就是说，除了外形问题，它完全等同于你原来的左臂！"

这个好消息令人振奋，神探赛斯非常高兴。如果拥有这样的假臂，他很快就能从事原来的工作了。不过，还有一个问题困扰着他和博士：他们到底要做哪一种假臂呢？

Goosebumps

 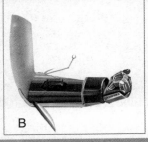 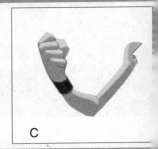

A.机械臂——这听上去太酷了！用黑亮亮的闪耀着金属光泽的特殊合金打造，动起来的时候咔咔作响，就像机械战警一样！不过，样子看上去很奇怪，分量太沉，也不好掩饰！

B.武装手臂——这条手臂由部分机体与皮肤合制而成，其中还有部分武器。这种极具高科技成分的假臂，肘部复合了弹簧刀以及子弹发射器。当然了，这种科幻产品也有副作用——虽然它看起来很了不起，但重量也很夸张，属于非常有型但难以承受的玩意儿。

C.人类假臂——这个假臂很普通，普通到了你几乎无法分辨它与真实手臂的区别。它简直就和赛斯以前的手臂一样，无论重量还是质感。可惜的是，这件东西没有任何附加能力！

该选择哪条手臂呢？赛斯有些犯难了，你能帮他出个主意吗？

解析：

各位小读者，还记得小时候听过的丢斧子的故事吗？丢掉了铁斧子，却面对该要回金斧子还是银斧子的选择。还记得那时候的答案吗？A和B的选项里那两条手臂都很诱人（具体哪个更好因人

而异），它们看起来都很有趣也很强大，不过都有副作用。这象征着，属于我们自己的东西才是最好的、最合适的。当然，这一次的答案并没有对错之分，你选择了你想要的，如何利用好它，才是真正要关心的事情。

　　友情提示：A和B都是很炫的东西，选择这两个选项的小朋友，可能比较喜欢出风头。这没有什么不对，不过在和同学、朋友交往的过程中，出风头要掌握好分寸哟。或许你有某方面的特长——也许你很聪明，学习很好或者体育很棒；也许你懂得很多知识——科技的、文学的等等。我们在与人相处的时候，都会用心地展示我们的长处。不过请注意，别忘记给别人也留下表现的机会呀！如果只是你在表现，而不让别人表现的话，可能会引起朋友之间的矛盾哟！

赛斯机密档案

姓名：赛斯
年龄：$4 \times 9 \div 3 - 6 + 8 + 10$
基因：变异基因
职业：私家侦探
性格特点：冷静、冷酷、冷峻
特殊喜好：凌晨三点在路灯下
　　　　　　看"鸡皮疙瘩"
被人崇拜程度：orz

　　　　本测试题由著名心理咨询师、原中央教育科学研究所心理研究员孙靖（笔名：艾西恩）设计，插图由著名插画家马冰峰绘画。

情报站

1995年 "鸡皮疙瘩系列丛书"改编成电视剧，在美国连续四年收视率第一

1995年 "鸡皮疙瘩主题乐园"落户美国迪斯尼乐园

1995年 R.L.斯坦获选美国《人物》周刊年度最有魅力人物

2003年 "鸡皮疙瘩系列丛书"被吉尼斯世界纪录大全评定为销量最大的儿童系列图书

2007年 R.L.斯坦获得美国惊险小说作家最高奖——银弹奖

2008年 "鸡皮疙瘩系列丛书"电影改编版权被美国哥伦比亚电影集团公司买断并将翻拍成好莱坞大片

桂图登字:20－2008－017

图书在版编目（CIP）数据

金字塔咒语Ⅱ·海绵怪物/（美）斯坦（Stine, R.L.）著；马爱农译. —南宁：接力出版社，2009.4
（鸡皮疙瘩系列丛书：升级版）
书名原文：Return of The Mummy2·It Came From Beneath The Sink
ISBN 978-7-5448-0731-9

Ⅰ.金…　Ⅱ.①斯…②马…　Ⅲ.儿童文学–长篇小说–作品集–美国–现代　Ⅳ.I712.84

中国版本图书馆CIP数据核字（2009）第037456号

总策划：白　冰　黄　俭　黄集伟　郭树坤　总校译：覃学岚
责任编辑：冯海燕　　美术编辑：郭树坤　卢　强
责任校对：王淑青　　责任监印：刘　签
版权联络：钱　俊　媒介主理：常晓武　马　婕

社长：黄　俭　　总编辑：白　冰
出版发行：接力出版社
社址：广西南宁市园湖南路9号　　邮编：530022
电话：0771-5863339（发行部）　　010-65545240（发行部）
传真：0771-5863291（发行部）　　010-65545210（发行部）
网址：http://www.jielibeijing.com　http://www.jielibook.com
E–mail:jielipub@public.nn.gx.cn

印制：大厂聚鑫印刷有限责任公司
开本：850毫米×1168毫米　　1 /32
印张：9　字数：180千字
版次：2009年4月第1版　　印次：2010年10月第4次印刷
印数：70 001—78 000册
定价：18.00 元